沒有凶手的殺人夜

東野圭吾
Higashino Keigo

犯人のいない殺人の夜

李彥樺 譯

沒有凶手的殺人夜

Contents

由不屈的堅持所淬煉出的奇蹟

總導讀——林依俐

如果你問我，東野圭吾是位什麼樣的作家？

我會回答你，他是位不幸的作家。

你一定會覺得奇怪，光是以《嫌疑犯X的獻身》（二〇〇五）一書，便幾乎囊括了二〇〇六年日本推理文學相關獎項，同書在日本的銷售量更是打破五十萬大關的「暢銷作家」東野圭吾，怎會有什麼不幸可言？

在說明之前，請讓我先簡單介紹一下東野圭吾這位作家。

東野圭吾一九五八年生於大阪，大學畢業後進入汽車零件製作公司擔任工程師。由於希望在工作以外，也能在私生活之中有個較爲不同的目標，所以開始著手撰寫推理小說，投稿日本推理文學代表性的公開徵選長篇小說獎「江戶川亂步獎」。

這並不是東野第一次寫推理小說。早在他十六歲的時候，由於看了小峰元的作品《阿基米德借刀殺人》（一九七三，第十九屆江戶川亂步獎作品）大受感動，之後又讀了松本清張的《點與線》（一九五八）、《零的焦點》（一九五九）等作品。一頭推理熱的他便曾試著撰寫長篇推理小說，而且第一作還是以重大社會問題爲主題。然而由於完成於大學時期的第二作被周遭朋友嫌棄，「寫小說」這件事便從他的生活之中消失了好一陣子。

而獲得亂步獎的夢想讓東野重拾筆桿。在歷經兩次落選後，他的第三次挑戰——以發生在女子高中校園裡的連續殺人事件爲主軸展開的青春推理《放學後》（一九八五）——成功奪下了第三十一屆江戶川亂步獎。之後他很快地辭了工作，前往東京致力於寫作。自從一九八五年《放學後》出版以後，東野圭吾幾乎是每年都會有一到三部甚至更多的新作問世。他不但是個著作等身的多產作家，其筆下的內容也橫跨了推理、幽默、科幻、歷史、社會諷刺等，文字表現平實，但手法卻絲毫不拘泥於形式，多變多樣。

看到這裡，如果你對於近年的日本推理有一定程度的了解，或許你會聯想到宮部美幸——多采的文風、平實的敘述、充滿令人訝異的意外性；但是在兩者之間卻又有著決定性的不同。

那就是——相對於宮部美幸出道約二十年來，陸續囊括高達十項的日本各式文學獎，筆下著作本本暢銷；東野圭吾卻是一直與日本的各式文學獎項擦肩而過，且眞正開始被稱爲「暢銷作家」，也是出道後過了十多年的事。

實際上在《嫌疑犯X的獻身》同時獲得直木獎與本格推理大獎，並且達成日本推理小說三大排行榜——「這本推理小說了不起！」、「本格推理小說ＢＥＳＴ10」、「週刊文春推理小說ＢＥＳＴ10」——前所未有的三冠王之前，東野出道二十年來所寫下的六十本小說（包含短篇集）裡，除了在一九九九年以《祕密》（一九九八）一書獲得第五十二屆日本推理作家協會獎之外，其他作品雖然一再入圍直木獎、吉川英治文學新人獎等獎項，卻總是鎩羽而歸。

在銷售方面，他也不是那種只要出書就大賣的暢銷作家。在打著「江戶川亂步獎」招牌的出道作《放學後》創下十萬冊的銷售紀錄之後（江戶川亂步獎作品通常都能賣到十萬冊），整整歷經了十年，東野才終於以《名偵探的守則》（一九九六）打破這個紀錄，而眞正能跟「暢銷」兩字確實結緣，則是在《祕密》之後的事了。

或許是出道作《放學後》帶給文壇「青春校園推理能手」的印象過於深刻，東野圭吾本人雖然一直想剝下這個標籤，過程卻不太順利。書評家們往往不是很關心他在寫作上的新挑戰。這也難怪，在東野出道後兩年，也就是一九八七年，以綾辻行人等年輕作家爲首，提倡復古新說推理小說的「新本格派」盛大興起。從文風與題材選擇看來，東野圭吾作品用字簡單，謎題不求華麗炫目，內容既不夠社會派又不像新本格，自然不會是書評家們熱心關注的對象。

就這樣出道十餘年，雖然作品一再入圍文學獎項，卻總是未能拿到大獎；多少有機會再版，卻總是無法銷售長紅；傾注全力的自信之作，卻連在雜誌的書評欄都占不到個像樣的位置。

所以我才會說，東野圭吾是個不幸的作家。說眞話這何止是不幸，實在是坎坷，簡直像是不當的拷問。

在獲得江戶川亂步獎後，抱著成為「靠寫作吃飯」之職業作家的決心，東野圭吾辭去了在大阪的穩定工作來到了東京。這個決定使得他沒有退路，不管遭遇什麼樣的挫折，都只能選擇前進。於是只要有機會寫，東野圭吾幾乎什麼都寫。

二〇〇五年初，個人有幸得以見到東野圭吾本人並進行訪談時，曾經談到關於他剛出道不久時，在推理小說的範疇內不斷挑戰各式題材時期之心境。他是這麼回答的：

「那時的我只是非常單純地覺得自己必須持續寫下去，必須持續地出書而已。只要能夠持續出書，就算作品乏人問津，至少還有些版稅收入可以過活；只要能夠持續地發表作品，至少就不會被出版界忘記。出道後的三、五年裡，我幾乎都是以這種態度在撰寫作品。」

不過畢竟是背負著亂步獎的招牌出道，畢竟是身處日本泡沫經濟蓬勃、推理小說新風潮再起的八〇年代後半至九〇年代，向其邀稿的出版社當然也都希望東野圭吾能夠以「推理」為主題書寫。配合這樣的要求，以及企圖擺脫貼在自己身上那「青春校園推理」標籤的渴望，東野嘗試了許多新的切入點，使出渾身解數試著吸引讀者與文壇的注意。於是古典、趣味、科學、日常、幻想，在他筆下似乎沒有什麼題材不能入推理，似乎沒有題材不能成為故事的要素。或許一開始只是為了貫徹作家生活而進行的掙扎，但隨著作品數量日漸累積，曾幾何時也讓東野圭吾在日本文壇之中，確實具備了「作風多變多樣」這難以被輕易取代的獨特性。

是的，東野圭吾是位不幸的作家。但也因此我們才得以見到，那些誕生於他坎坷的作家路上，由歷經幾多挫折仍不屈的堅持所淬煉而成，在簡素之中卻有著數不清面貌的故事。以讀者的角度而言，能與這樣的作家共處同一個時代，還眞是宛如奇蹟一般的幸運。

在推理的範疇裡，東野圭吾從不吝惜挑戰現狀。從初期以詭計爲中心的作品，漸漸發展出許多具有獨創性，甚至是實驗性的方向。其中又以貫徹「解明動機」要素（WHYDUNIT）的《惡意》（一九九六）、貫徹「找尋凶手」要素（WHODUNIT）的《誰殺了她》（一九九六）、貫徹「分析手法」要素（HOWDUNIT）的《偵探伽利略》（一九九八）三作，可說是東野在踏襲傳統推理小說元素之下，卻又充分呈現了屬於現代風貌的鮮麗代表作。

而出身於理工科系的背景，也讓東野在相較之下，比其他作家更擅長消化並駕馭以科技爲主軸的題材。像是利用運動科學的《鳥人計畫》（一九八九）、涉及腦科學的《宿命》（一九九〇）和《變身》（一九九一）、生物複製技術的《分身》（一九九三）、虛擬實境的《平行世界戀愛故事》（一九九五），還有之後以湯川學爲主角展開的「伽利略系列」裡，東野都確實地將自己熟悉的理工題材，在分解組合後以最簡明的方式呈現在讀者眼前。

另一方面，如同「處女作是作家的一切」這句俗語所述，高中第一次寫推理小說便企圖切入當時社會問題的東野圭吾，由《以前，我死去的家》（一九九四）中牽涉兒童虐待的副主題爲開端，對於社會人心的描寫，似乎也成了他作家生涯的重要課題。例如以核能發電廠爲舞臺的《天空之蜂》（一九九五）、試探日本升學教育問題的《湖邊凶殺案》（二〇〇二）、直指犯罪被害人及加害人家屬問題的《信》（二〇〇三）和《徬徨之刃》（二〇〇四），都在在顯露出東野對於刻畫社會問題與人性的執著。

東野圭吾這種立足於推理，進而衍生至科技與人性主題上的寫作傾向，在發表於二〇〇五年的《嫌疑犯X的獻身》中，可說是達到了奇蹟似的調和，也因爲這部作品，在二〇〇六年贏得各種獎項，讓東野圭吾正式名列「家喻戶曉的暢銷作家」之列。加上這幾年來，東野作品紛紛電視電影化，他的不幸時代成爲過去，並站上前人未達之高峰。二十年來的作家生涯開花結果，創造了日本推理文壇近年來難得一見的奇蹟。

好了，別再看導讀了。快點翻開書頁，用你自己的眼睛與頭腦，去感受確認東野作品中理性與感性並存，而又如此引人入勝的獨特魅力吧！那將會勝於我在這裡所寫的千言萬語。

本文作者介紹

林依俐，一九七六年生。嗜好動漫畫與文學的雜學者。曾於日本動畫公司GONZO任職，返國後創辦《挑戰者月刊》並擔任總編輯，現任全力出版社總編輯，另外也負責線上共享閱讀平台ComiComi（http://www.comibook.com/）的企畫與製作總指揮。

微不足道的善意

1

達也死了。像枯葉般從屋頂上輕輕舞落，結束了生命。那時正是放學時間，我像個傻子一樣猛追著足球跑。

「我才聽到聲響，下一瞬間突然有個人往下掉。接著一聲巨響，我一時還搞不清楚發生什麼事。」

田村同學用這麼兩句話描述了這起悲劇。他也是眾多目擊者之一。

達也墜樓的地點在校舍側邊，如今那裡擠滿人，還停一輛救護車。我奮力擠進人群。救護人員用擔架搬運達也，我看見他身上蓋一塊白布，心中湧起一陣莫名的怒火。

「達也！」

我想要奔上前看達也的臉，笑著對他說一句「搞什麼，原來你沒事」。

但這時，一隻強而有力的手掌抓住我的手腕。我朝手掌主人瞪一眼，那人竟然是我們級任導師，綽號「芋頭」的井本。

「你別慌張。」

井本的語氣相當平淡，那聲音卻令我有如遭到斥責般全身一震，一步也跨不出去。

這時，周圍忽然響起一陣驚呼。原來是達也的右手自擔架旁垂了下來，那手腕細得有如服飾店的衣架人偶，而且呈現不自然的彎曲。

「好噁心……」

身旁一個看起來相當沒用的傢伙低聲咕噥。我揪住那傢伙的衣領，井本再次制止了我，對著我大喊一聲「別亂來」。

救護車載著達也離去之後，轄區員警開始進行現場調查，似乎還找了幾個目擊的學生問話。我在看熱鬧的人群中發現田村，走過去問道：

「警察沒有聽你的證詞？」

田村聽我這麼一問，不滿地癟著嘴說道：

「一班的藤尾當代表，負責向警察說明狀況。雖然目擊者不止他一個，但他是最先報警的人，畢竟他是個高材生。」

「藤尾……」

我認得那個學生。他長得很高，而且有個寬大的額頭。

「達也……行原達也爲什麼會從屋頂上掉下來？」我問道。

田村將雙手交叉在胸前，將腦袋歪向一邊，擺出思考的模樣說：

「這我也不清楚……總之他就是突然掉了下來。那時我正在底下玩傳接球，根本不知道行原跑到屋頂上去了……搞不好是自殺。」

我聽他說得一派輕鬆，一股怒氣湧上心頭，但我還是向他道了謝，轉身離開。

我在事發現場的周圍繞來繞去，思索著接下來該做什麼才好，忽看見三個女學生站在校舍旁，用手帕擦拭哭腫的雙眼。她們是跟我及達也同班的女生。我也很想哭，但此時有比哭更重要的事。

像沒頭蒼蠅一樣繞了半晌，井本突然從校舍裡走出來。剛剛他似乎一直在接受刑警問話，神情顯得緊張僵硬。從開始教書到現在，這應該是他第一次遇上這種事。

井本左顧右盼，似乎在找人，最後他的視線停留在我身上，小跑步來到身邊道：

「中岡，跟我來，警察有話想問你。」

我澄清自己什麼也沒看到，井本點點頭，一臉嚴肅地說道：

「警察只是想找跟行原交情好的人問兩句話，若你不願意，我就找其他人。」

在我同意後，井本要我前往教職員辦公室旁的訪客接待室。走進一瞧，裡頭有一個頭髮稀疏的中年刑警及一個年輕刑警等著我。

他們問關於達也的性格、最近狀況、人際關係等問題。我聽得出來他們認定達是自殺，於是在他們的問話告一段落後主動道：

「達也不是自殺。」

「喔？你怎麼知道？」中年刑警露出納悶的表情。

「沒有動機。就算有什麼煩惱，他也絕對不會自殺，這點我敢保證。」

兩個刑警面面相覷，嘴角帶著若有深意的微笑。

接著他們問除了我，還有沒有人跟達也比較熟。我遲疑了一會，最後說出佐伯洋子的名字，兩個刑警卻似乎早已聽過。

「井本老師說，她跟行原達也從國中就是男女朋友的關係，是眞的嗎？」

我搖搖頭訂正：「不是從國中，是從國小。」

刑警的問話持續約三十分鐘。我唯一得到的可靠消息，就是達也已經死了。

一走出訪客接待室，便看見井本站在走廊上等我，但更令我在意的是低著頭站在井本身邊的佐伯洋子。她似乎哭了很久，眼眶泛紅。她抬頭望著我，嘴唇動了一下，似乎想說話，卻太過悲傷而開不了口，只是頻頻拭淚。

我看著洋子走進接待室，略一思索決定走向操場，坐在飲水檯旁邊的長椅上等待。

約三十分鐘後，洋子從刑警問話中獲得解放。我看她腳步虛浮地走出校舍，趕緊站了起來。

「辛苦了。」我說道。爲何冒出這句話，我自己也說不出個所以然來。或許是害怕失言，什麼也不敢說。

洋子全身僵硬，彷彿毀損的機械人偶。我們互相對看，好一會沒說一句話。

就在我想要說話的前一瞬間，洋子先開口了。

「我不需要安慰。」

洋子這句話說得很快，但字字清楚。她右手撩起垂掛在額頭的黑色直髮，剛剛臉上的淚痕已消失無蹤。

我緊閉雙唇，不敢開口。剛剛我想對她說的話，正是一些安慰之詞。回想起來洋子小時候被欺負也最討厭被安慰。

洋子緩緩朝我走近，在大約距離我一公尺處停下腳步，筆直地凝視著我的眼睛。

「阿良，我希望你今天能送我回家……代替他。」

她以哀求的語氣道。我依然沒開口，只是點點頭。

我們各自推著自己的單車踏上歸途。洋子一路上有一句沒一句地說起刑警問的問題。

〈妳是在什麼時候，藉由什麼管道得知這件事？〉

這是第一個問題。洋子回答當時自己還沒離開教室，有同學跑來告訴自己這件事。

「剛聽到消息的時候，我的腦袋都糊塗了。就在我理解達也已經死了的瞬間，我只覺得天旋地轉，眼前一片黑暗……當我清醒時，已經躺在保健室裡了。」

或許因爲昏厥，警察沒馬上找洋子問話。

接下來的幾個問題，與我被問的問題大同小異。洋子也不清楚爲何達也會跑到屋頂上。至於達也最近的狀況，洋子跟我一樣回答沒有什麼異狀。

我送洋子到她家門口，她沒有再流下一滴眼淚。這讓我鬆了口氣，因爲我實在不知道怎麼安慰她。但她的堅強卻也令我咋舌。

返家前，我先去一趟達也家。大門前的照明燈沒有點亮，看起來一片死寂。或許達也的家人都在警察局或醫院。我奮力踩下單車踏板，眼淚突然奪眶而出，夕陽下的景色跟著扭曲變形。

回到家後，我立即打電話給據說是目擊者的藤尾。我對他說，想要跟他見面談一談，他很爽快地答應了，還說他自己也有一些想不通的點。

我跟藤尾約在他家附近的公園見面。那是座狹小冷清的公園，設施只有鞦韆跟滑梯，因此到公園裡玩的人不多，適合當悄悄話的地點。

「我們班剛好在行原墜落的校舍對面三樓。那時我在教室裡看書，眼睛有點痠，想休息一下。所以我轉頭看著窗外的景色，沒想到竟然目睹那一幕。」

藤尾站在鞦韆上，擺動著修長的身體，回想當時的情況緩緩道。

「這麼說來……你看見了達也墜樓的那一瞬間？」我有些緊張地道。

「看見了。」藤尾用力點頭。「行原走在屋頂的圍牆上，我覺得那很危險，但他好像走得很輕鬆。沒想到過一會，他似乎失去平衡，從上頭摔下來。」

「達也爬上屋頂的圍牆？」

圍牆是寬約三十公分，高約一公尺的混凝土矮牆。一部份男學生喜歡走在上頭，炫耀自己的膽量。事實上別說是爬上圍牆，光進入屋頂這個行為便已違反校規。

「這麼說來，達也是摔下來，不是自己主動往下跳？」我再次確認。

藤尾回答得很保守。

「這我也不敢肯定。我只知道行原爬上了屋頂的圍牆，而且掉了下來……其它都只是不負責任的猜測。我對警察也是這麼說的。」

「原來如此……」

到頭來，還是無法確定是意外還是自殺。

「但達也怎麼會跑到那種地方去？」我說。

藤尾雙手交叉在胸前，頭微微偏向一邊道：

「他爲何跑到屋頂上，確實難以解釋，但更讓我想不通的是另一點。」

「讓你想不通？哪一點？」我問。

藤尾一臉冷靜地說道：

「他身邊一個人也沒有，這總讓我覺得有些不對勁。」

2

向藤尾道別回到家時，母親已煮好晚餐。即使飯菜吃起來沒半點滋味，我還是努力往嘴裡塞。母親跟小我一歲的妹妹朋子似乎已聽到傳聞，想向我問清楚，但我完全不理會她們。

吃完晚飯後，我立刻躲進自己的房間。朋子相當識相，唯獨今天不敢擅自進我房間。

我整個人癱倒在床，望著牆上一幅照片。那是國中時參加足球隊，在縣預賽第一戰就敗北的紀念照。我在前排左邊角落，全身上下滿是泥巴。當時我負責位置是翼鋒。達也在我旁邊，晒得黝黑的臉上帶著滿滿的笑容。他是守門員，白色的制服明亮耀眼。

——達也，你爲什麼死了？

我對著照片裡的好友詢問。他不該有任何非死不可的理由，但他死了。思緒亂成一團，我捧著腦袋不知如何是好。

達也跟我打從國小就認識。成爲好朋友的契機只是家住得近。我一事無成，而達也毫無缺點，但不知道爲什麼，我跟他就是合得來。

不論讀書或運動，我都比不上達也。而且他的身高比我高得多，我跟他站在一起，總會被誤以爲是兄弟。整個國小時期，我最大目標都是追趕上他。

升上國中，我跟達也一樣是死黨。而且我們都參加足球隊，交情變得更好了。每天我都練球到傍晚，接著相約一起到公眾澡堂洗澡。坐在浴池裡天南地北閒聊數十分鐘，就是我們的交流方式。大約從這個時期開始，我的學校成績越來越好，達也對我而言不再遙不可及。

報考高中時，我得知達也打算報考縣立W高中，更是拚命用功念書。級任導師擔心我落榜，曾勸我改選其它學校，但我毫不理會，執意要報考W高中。結果運氣相當好，順利考上了，周遭都對我刮目相看。但事後想想，我自己也覺得當初的決定實在很大膽。老實說，我無論如何想要考上W高中的理由，是我聽到傳聞，達也考慮要報考比W高中低一個層級的高中，也就是以我的程度應該能考上的高中。自從得知這件事後，我便下定決心說什麼也要考上W高中。

我與達也一路走來，既是勁敵也是好友。大家都說我們焦孟不離，行原所在之處必有中岡，中岡所在之處必有行原。

我跟他之間唯有一點不同。

那就是他有個叫佐伯洋子的女朋友。

國小五年級時，洋子從東京轉學至我們的學校。我還記得第一眼看到洋子時，感覺心跳加速，全身冒出冷汗。那是我有生以來第一次嚐到「一見鍾情」的滋味，但這種酸酸甜甜的感覺並非我一個人獨有。當時不少男生都喜歡捉弄她，對她惡作劇，或是想辦法吸引她的注意。換句話說，她的容貌及一顰一笑對當時我們這些男生而言不僅新鮮，甚至可說驚爲天人。

洋子作風成熟，加上學校成績優異，沒過多久就成女生間的領袖人物。差不多就從這個時期開始，她跟特定的男生越來越親近，那就是達也。

當時達也是兒童學生會的副會長，不論讀書還是運動，都無人能出其右。洋子跟他在一起，其他男同學再怎麼年幼無知也明白必須死心。

達也跟洋子的感情相當好，幾乎全校學生都知道。不管是平常的下課時間、午休時間，或是遠足、運動會，他們兩個幾乎都一起行動。這種時候我總很識相地避開，刻意不在旁邊當電燈泡。

上國中後，他們不再像從前一樣毫不顧忌他人目光。或許一方面也是因爲洋子多了與閨密好友的互動，她跟達也變得喜歡私底下兩人偷偷見面。好幾次我在星期六下午或星期日邀達也出去玩，他一臉歉意地跟我道歉，說他那天已經有約。後來我又聽說有人看見他們兩人單獨走在街上，暗自決定盡可能不要打擾他們相處。

洋子跟我們一樣報考W高中，而且輕輕鬆鬆就考上了。她經常跟達也一起念書，當然成績在我之上。後來我才知道，他們常到區立圖書館的自習室溫習功課。在那之前，我甚至不知道圖書館有自習室。

達也與洋子的感情長久以來一直沒降溫。即使在外人眼裡，也感覺得出這一對戀人的關係清新爽朗而溫暖。就連嚴禁學生談戀愛的高中教師們，也對這兩人的關係睜一隻眼閉一隻眼。達也與洋子的戀情不僅人人皆知，而且人人稱羨。

每當我看見這兩人，便有一種分享幸福的感覺。但另一方面，我不得不承認內心多少嚐到苦澀滋味。那令我頭疼不已的理由實在太過可笑，總讓我深深自我厭惡。

說穿了，死黨的女朋友是我的初戀，直到現在依然讓我怦然心動。天底下再也沒有比這更荒唐愚蠢了。

3

隔天早上我一醒來，第一件事便是搶在家人前面拿報紙來看。從收報箱裡取出報紙的動作，我一年恐怕做不到一次。

〈高中生墜樓身亡〉

社會版的中央位置用這樣的標題記載昨天的事。文章內容與我從田村、藤尾那裡聽來的消息大同小異。到底是意外還是自殺，目前尚未有定論。

文章裡還包含達也雙親的訪談。什麼「白髮人送黑髮人是最大的不孝」之類的詞句，實在讓我讀不下去。

話說回來，達也爲什麼跑到屋頂呢？我抬起原本盯著報紙的視線，陷入沉思。達也做事相當謹慎，如果得知我跑到屋頂上，肯定會氣得把我臭罵一頓，更何況是他自己做出這種事……

而且藤尾的疑惑相當有理。

爲什麼當時他的身邊一個人也沒有？這確實有些不可思議。

到學校後，果然不出我所料，每個人都在談論昨天的事。教師們正在舉行臨時教職員會議，因此第一堂課改爲自習。

「校方怕被追究責任，現在急得像熱鍋上的螞蟻。」小道消息靈通的同學笹本開始高談闊論。「這件事原本可以預防。既然校規規定不能上屋頂，爲什麼校方不派人嚴格巡視？我相信社會上的人一定都這麼想。」

笹本朝我望來，似乎想徵求認同，但我什麼話也沒說。

眾人你一言我一語地說著，最後話題轉到洋子身上。每個人感想各自不同，有的女生直說洋子一定大受打擊，表情難過得彷彿自己是當事人，有的男生長吁短嘆，感慨行原怎麼做出那麼傻的事。

第一堂一下課，我立即奔上通往事發屋頂的樓梯，想要親眼看看達也到底從哪個位置，以什麼方式摔落。

但到樓梯頂端一瞧，進入屋頂的門卻上了鎖。事情都已經發生，校方才採取這種安全措施。如此愚蠢的心態，讓我連生氣也累。

我朝門上踹一腳，轉身走下樓梯。就在這時，一名女學生從下頭走上來。我認得她。如果沒記錯，她是二年級學生，跟達也一樣是英語會話社的社員。

「門鎖上了。」

我在上頭這麼一喊，原本低頭默默爬著樓梯的女學生突然像抽筋一樣全身劇震。她停下腳步，抬頭朝我望來，雙唇微張，顯得有些驚惶失措。

「妳來上花？」

我見女學生的右手拿著小小的花束，於是這麼問道。白色的花朵看起來相當樸素，但我叫不出花的名字。

她趕緊將花藏到身後，直挺挺地站著不動，一句話也沒說。我仔細一瞧，這女孩有一對水汪汪的大眼睛。

「我想拜託老師，讓我們上屋頂，妳要不要一起來？」

「不……不用了。」

她嬌怯怯地退到牆邊，接著一個轉身快步奔下樓梯。空氣中殘留著微微的白花香氣。

從第二堂課起便是按正常課表上課。每個教師都盡量避免提起昨天，多半是在教職員會議上受到不准亂放話的警告。

午休時間，我前往對面校舍三樓的三年一班教室。坐在窗邊座位的藤尾正在看書。

「你就是從這裡看見那幕？」

我望著隔壁的校舍問。達也墜落的校舍為是三層樓建築，屋頂高度約比我跟藤尾的位置高一層樓。

「是啊，我看見行原時，他就在那上頭。」藤尾來到我身邊，伸出手指說道。

「但從這個位置……」我朝著藤尾所指的方向望去。「應該只能看見站在圍牆上的達也吧？就算他的旁邊有人，也會被圍牆擋住而看不見，不是嗎？」

藤尾輕輕點頭道：

「這倒也沒錯，但假如當時有人在他身邊，這時應該不會默不作聲。既然沒有人自稱當時跟行原在一起，應該就是行原獨自上屋頂，不是嗎？」

「嗯，原來如此……」

我聽藤尾說得信心十足，只是隨口敷衍一聲。驀然間，我的心中浮現一個念頭。於是再次向藤尾細問達也墜樓時的狀況後，便離開教室。

到教室外，我沿著樓梯繼續往上走。這棟校舍是四層樓建築，而達也墜樓的隔壁校舍卻是三層樓建築。既然如此，從這棟校舍的四樓應該可以水平看到隔壁校舍的屋頂。

四樓只有縫紉教室、音樂教室、階梯大教室及放映教室，並沒有一般教室。藤尾所屬的三年一班教室正上方是縫紉教室。這間教室只有女學生在上家政課時才會使用，授課內容似乎是西式裁縫或日式裁縫之類……詳情我也不清楚。

我略一遲疑，還是拉開門。這裡的教室門並沒上鎖。我仔細觀察裡頭的動靜，緩緩踏入。從入學到現在，我不曾踏進這間教室，心裡多少有些緊張。

縫紉教室的內部空間只比一般教室大一點。牆上貼著各種西式及日式服裝的圖騰，桌子比一般教室的桌子大得多，當然抽屜也不小。

我邁開大步橫越教室走向窗邊。教室擺著縫紉機、全身鏡等物，我一點興趣也沒有。一拉開窗簾，耀眼的陽光頓時射入教室，我忍不住皺起眉頭，瞇起眼睛。

我手掌遮擋陽光，朝窗外望去。果然不出我所料，從這裡可以水平看見隔壁校舍的屋頂。倘若事發當時這間教室裡有人，那人將成爲最重要的目擊證人。

我仔細觀察隔壁校舍屋頂的每個角落，沒發現異狀。不過就是平凡無奇的混凝土廣場。

比達也墜樓校舍更遠的另一頭，還有一棟三層樓的校舍。從我現在的這個位置，可以一覽無遺地見到兩棟校舍的屋頂。

——如果可以的話，應該想辦法到對面棟看看。

我一邊這麼盤算，一邊拉上窗簾。

第五、六堂課都在渾渾噩噩中結束。所謂的渾渾噩噩，並不是眞的什麼都沒想，而是絞盡腦汁想要找出達也的死因，卻沒有頭緒，到頭來等同一段渾渾噩噩的時間。

第六堂下課後，級任導師井本向大家宣布，明天將舉行達也的喪禮。原則上所有學生都須參加。他想表現出對達也的友情，當然得參加喪禮，但他似乎沒想過有些同學與達也之間並不存在所謂的友情。

接著井本又宣布，上次期中考的成績已張貼公布欄。比起達也的喪禮，班上同學似乎對成績更加感興趣。

我走出教室時遇上洋子。以「遇上」形容並不貼切，因為她刻意在教室外等著我。

「阿良，送我回家。」

洋子說這句話時一直低頭看著自己的腳，並沒有抬頭看我一眼。她的嗓音有些沙啞，聽起來有點像感冒時的聲音。

「可以是可以……」

我說完這句話後邁步而行，我實在不知道後面該接什麼話。洋子緊跟在我身後，沒有任何遲疑。

途中經過教職員辦公室，旁邊就是公布欄，二、三十個學生聚集在公布欄前，似乎在看期中考的成績。我對成績並沒太大興趣，但因爲身材較高，還是漫不經心地看兩眼。第一名到第五名還是那幾個人，只是順序調換而已。藤尾的名字也在裡頭，不愧是高材生。

接著我往下找自己的名字，我第十名。洋子比我低兩名，達也是第十九名。

「這是最後一次在成績表上看見達也的名字了。」

洋子感慨道。值得慶幸的是她的語氣並不悲愴。

就跟昨天一樣，我們各自推著單車踏上歸途。剛開始閒談話題是這次期中考。不過所謂的閒談，其實只是洋子稱讚我一句「阿良好厲害，終於考進前十名了」，我回一句「只是運氣好」而已。

我們沒繼續談這個話題，但對於近來成績上的突飛猛進，其實連我自己也相當詫異。當初報考這所高中時，我算是好運才考上。剛入學的那陣子，我的成績都是吊車尾。但從二年級的後半段開始，我的成績突然快速攀升，連我自己也不明白爲什麼。相較之下，達也與洋子則是從一年級便成績優異。但畢竟人上有人、天外有天，即便是達也及洋子，也很少考進前十名。如此想來，這次期中考我能考到第十名，或許眞的「很厲害」。

後來洋子說起她參加的體操社，又問我一些關於足球隊的事。但我感覺得出來，她只是刻意找話題。

「達也爲什麼不踢足球了？國中的時候，你們不是常一起踢球嗎？」洋子突然問道。

「我也不知道……」

我隨口敷衍。

我走在洋子的身旁，想起國小時的回憶。當時只有達也能走在洋子的身旁。晴天的時候，他們會手牽著手。雨天的時候，兩把雨傘會緊緊靠在一起。他們的關係是如此緊密，絲毫沒讓我介入的餘地。但如今剩下我跟洋子，串聯起我與洋子的那個人已不在，而且明天將舉行那個人的喪禮。

沉默好一會，我說出今天午休去縫紉教室一事。洋子似乎相當感興趣，問我：

「縫紉教室有什麼有趣的東西嗎？」

「不，我只是想從那間教室看隔壁校舍的屋頂，可惜沒有收穫。」

洋子聽我這麼說，只是隨口應一聲。

我又說出第一堂下課時間，我在通往屋頂的樓梯上遇見一個二年級女生。我只說那女生好像跟達也一樣是英語會話社的社員，洋子立即知道對方身分。

「啊，那一定是笠井。」洋子說道。

「笠井？」

「笠井美代子。我記得她是二年八班的學生。」

「妳怎麼會知道這些？」

「因爲……」洋子遲疑片刻道：「達也跟我提過，那女生曾寫情書給他。」

「情書？」

我忍不住重複一次。這字眼如今已給人落伍過時的感覺。

「達也怎麼回應？」我問。

「應該是拒絕了……但他用什麼方法拒絕，我並不清楚。」洋子說道。

我不禁心想，如果達也沒發生那種事，這想必會是相當歡樂的話題。我應該會調侃洋子一定吃醋了，而洋子多半會勉強裝出若無其事的態度。但如今我跟洋子臉上沒有一絲一毫的笑容。再有趣的詞句，在這個節骨眼都變成鎮魂曲。

「對了……」

我接著提到刑警似乎認爲達也可能是自殺，並詢問洋子對這一點有何看法。洋子沉吟半晌，只說一句「我不知道」。她的回答讓我頗感意外。

「我以爲妳會說絕對不可能。」

「我又不是達也……怎麼能說出『絕對不可能』這種話？」

「可是……」

可是你們不是情侶嗎？我想這麼說，但沒說出口，這會讓我不由得自怨自艾。

隔天舉行喪禮時，天空下著雨。四十多名學生各自拿著雨傘聚集在一起，登時把狹窄的巷子擠得水洩不通。

學生們依序向達也上香，我排在第五個。走向靈堂時會通過達也父母的面前。我從小就受他們諸多照顧。明明不久前見過面，他們看起來卻像老十歲。

「謝謝。」

通過兩人面前時，伯母對我低聲道謝。嗓音不僅像蚊子一樣細，而且有氣無力。

靈堂上擺一幅達也的照片。裡頭的達也面露微笑，臉色像動了漂白手術一樣白皙。我照母親教的步驟上香，接著雙手合十膜拜。

達也什麼話都沒有對我說。

我在心中只問達也一個問題，那就是你爲何死了。但不管我再怎麼合十膜拜，心中依然沒有響起任何回應。果然什麼在天之靈都是假的。

雖然大家的動作都很有效率，但等到全班同學都上完香，還是過了將近一小時。緊接著是數名學生代表一、二年級時的朋友向達也上香，洋子也在其中。洋子在上香的過程中一直維持平淡態度，並沒有失去冷靜。她似乎與達也的父母交談了兩、三句話，但表情一直很鎮定。

伯父、伯母在看見洋子的時候，皆忍不住露出悲從中來的神情。或許他們早已把洋子當成未來的媳婦。

「這種喪禮真沒意義。」

洋子一走回來，劈頭便對我這麼說。

「對死人沒意義，但對活人有意義。」我回答。

「或許。」洋子點點頭，臉上表情複雜。

這時，忽然有人拍拍我的肩膀。我一轉頭便看見藤尾嚴肅地站在我面前。

「藤尾，你也來了。」

「這也算是一種緣份。」他淡淡一笑，接著說道：「對了，有件事你可能會感興趣。」

「什麼事？」

「除了我之外，好像還有人看見行原墜樓，而且看見的角度跟我不同。」

「喔……？」

「如何，你有興趣吧？」

「那是誰？」

藤尾裝模作樣地壓低了嗓音說道：「一年級的學妹。」

「一年級？」

「沒錯，聽說行原墜樓校舍的隔壁校舍屋頂上，常有一群學妹在那裡玩排球。如果當時她們也在那裡，很可能目擊墜樓過程。」

「如果看見了，為什麼不說出來？」

「她們當然不敢說，畢竟學校規定不能上屋頂，更何況她們是在那裡打球。」

「原來如此。」

這確實挺有可能。或許她們認為說出來只是白白挨罵，對自己沒有好處。

「你只知道目擊者可能是一年級學妹，但不曉得是誰？」我問。

「不曉得。」藤尾回答。「但找出來不難。她們放學後一定會找其它場地打排球，一年級學妹不都是這樣嗎？」

「這麼說也對。」

我點點頭，自他的面前離開。

大部分同學在上完香後就回家了，但我跟洋子一直待到出棺。達也的遺體在雨中被人搬出。不論是背景、人物衣著還是臉上表情，都只有黑、白、灰這三種顏色。這讓我有一種錯覺，彷彿正在看著老電影裡的一幕場景，而且膠捲傷痕累累。

「Bye-bye.」

站在我身旁的洋子低聲道。

4

隔天放學後，我換上足球隊的制服，想起藤尾昨天對我說的那番話，於是決定在校園裡繞個兩圈看看。原本在屋頂上打排球的那些女生，此時一定換到了另一個地點。這個地點必須能讓她們圍成一圈練習托球，而且就算有人不小心讓球彈飛了出去，也不會給周遭的人添麻煩。

不久，我在圖書館後方的空地發現這麼一群女生。雖然旁邊就是校區圍牆，但她們似乎不在意，或許那是因爲她們的技術並沒有差到讓球飛出圍牆外。

我緩緩朝她們走近。那一群女生共六人，幸好我認識其中一個。她叫廣美，是足球隊學弟的女朋友。

我站在不遠處以眼神向她示意，她先是吃一驚，但旋即面露微笑，向同伴們道歉，態度靦腆地朝著我小跑步而來。

我問她是不是曾在屋頂上打排球。她吐了吐舌頭，老實承認了。

「學長，拜託你別說出去。要是被知道了，我們會受處罰。」

「妳放心，這我明白。我只是想問妳，既然妳們每天都在屋頂上，有沒有看到那起墜樓意外？」

廣美眼神游移，往左右瞥兩眼，擺出一副講悄悄話的表情，手掌擋在嘴邊道：

「老實說，看到一點點。」

「眞的嗎？」我連忙問道：「能不能請妳告訴我，妳看到了什麼？」

「還能看到什麼？行原學長走在屋頂的邊緣，突然晃了兩下，然後就摔下去了。」

「突然晃了兩下？」

藤尾描述當時的狀況，用的是「失去平衡」這種說法。相較之下，廣美的說法更讓人容易理解。

「摔下去前呢？有沒有看到達也那時在做什麼？」我問。

「我又不是一直盯著那個方向。」廣美無奈搖搖頭。「不過，或許其他人看到了。」

「其他人？」

「學長，你等我一下。」

廣美說完一個轉身，回到正在打排球的圈子裡。她指著我，朝同伴說了兩、三句話，最後把五個同伴都帶過來。五個身高差不多的女生圍著我排排站，令我有種說不出的彆扭，不禁往後退一步。

「最早發現的人是她。」

廣美指著從我的方向左邊數來的第二個學妹。那是不論身材、臉蛋跟眼珠都圓滾滾的女孩，廣美叫她阿伊。

「我也不知道自己看到了什麼——」阿伊摸著頭髮道。像這樣把語尾毫無意義地拉長，是她們女生流行的說話方式。「總之好像有光在閃。」

「有光在閃？」

「我被那光芒吸引了，看到隔壁棟的屋頂上有個男生。我剛把這件事告訴其他人……那個男生就掉下去了。」

「等等，妳是說隔壁校舍的屋頂上有東西在發光？」

「嗯。」

「什麼樣的光芒？像閃光燈？還是持續閃爍？」

我急忙追問。阿伊露出疑惑的表情，轉頭望向廣美。我頓時醒悟，換另一種說法。

「只閃了一次，還是閃了很多次？」

「一次。」阿伊低聲回答。

「只閃了一次嗎……」

我無法判斷光芒跟達也的死因是否有關，只能搖頭晃腦地假裝在思考。

我向她們道謝，轉身正要離去，站在最右側的學妹突然把我叫住道：

「學長，其實今天有人問了我相同的問題。」

那學妹留著一頭長髮，舉止比廣美及阿伊成熟一些，說起話來沉穩得多。

「眞的嗎？那個人是誰？」

「體操社的……」

我一聽，登時恍然大悟，而且有些開心。

「是佐伯洋子吧？」

長髮學妹點點頭。她低著頭偷看我，那表情像正在遭受責罵。

洋子或許聽見昨天我與藤尾的對話，也或許藉由其它方式得知廣美等學妹曾在屋頂上打排球。總之可以確定，她也認爲達也的死因不單純。

「佐伯問了什麼問題？」

「跟學長問的一模一樣，不過她還問當時屋頂上是不是眞的只有行原學長一人。」

「對了，這也是我想問的。」我環視廣美等人道：「除了行原，當時還有其他人在屋頂上嗎？」

長髮學妹有些缺乏自信地望向同伴，接著緩緩搖頭道：

「應該只有行原學長。」

「嗯……洋子還問了什麼？」

「沒有了。」她說道。而我終於道謝離開。

找廣美她們問話，足球隊的練習遲到五分鐘。依規定每遲到一分鐘要跑一圈操場，所以我跑了五圈。

我默默跑著，心裡想起不久前洋子問我的話。她問我為什麼達也不踢足球了。這問題不論問題本身或答案都很單純。

因為足球隊的門檻太高，令他退縮了，就這麼簡單。洋子並不知情，其實達也在國中時就不是先發守門員。剛入隊時，他確實備受期待，但其他隊員進步得比他更快，因此即便到縣大賽，他依然是候補。

「阿良，足球就交給你了。」

剛進高中時，我抱著理所當然的心情邀達也一起加入足球隊，他卻以這句話回絕。

就算當不上先發，又有什麼關係？這種話我說不出口，那是自欺欺人。只要努力當上先發就行了，不是嗎？這種話我也說不出口，那不是我的立場該對達也說的話。

從這個時期開始，我唯一可以肯定的一點，就是單以足球而言，我比達也更有天分。

我跟達也約好，不會把他不再踢足球的理由告訴洋子。雖然如今達也死了，我還是必須遵守約定。

結束足球隊的練習，換掉制服，走出校門時已將近七點。不過這不是什麼稀奇的事，我每天都在這個時間回家。

我騎著單車，沿著昏暗的道路前進。達也若剛好在同一天有英語會話社活動，他就會跟我一起回家。有時我們會比賽看誰跑得快。剛開始我們互有輸贏，但到後來幾乎都是我贏。之後，他就不再跟我賽跑了。

汽車的車頭燈自道路前方迅速逼近。每次遇上這種狀況，達也一定會停下單車，下車等汽車通過。他就是這麼謹慎小心的人。這樣的人會不小心從屋頂摔下來？我絕不相信。

我騎在單車上，準備與汽車交錯而過。但就在這一瞬間，光芒竟然向上抬升了。一定是汽車的駕駛太愚蠢，竟然在這個時候將車燈切成遠光燈。而且切換的時機實在太不湊巧，光線猛然射向我的眼睛，導致我一時失去平衡，差點從單車上摔下來。幸好我及時按下煞車，伸腳在地上一蹬，才化解了危機。

「王八蛋！」

我對著留下一堆廢氣揚長而去的車尾破口大罵，但心思早已轉到另一件事上。

5

「不是開玩笑？」

「不是。」

沒人會開這種玩笑。

「達也是被殺死的。」我接著道。

「可是……」洋子想一會，舔舔嘴唇道：「要怎麼殺？」

「利用光線。」

「光線？」

「沒錯，用強力的光線射向達也的眼睛，讓他失去平衡，從屋頂上墜落。」

「……原來如此。」

洋子環顧左右。這是家政科的縫紉教室。

「爲了證明這點，你才跟我約在這裡見面？」

「沒錯。」

若將廣美她們看見「閃一次光芒」的位置，及達也墜樓的位置以直線連起，會發現這間縫紉教室的窗戶就在延長線上。我在身旁的黑板上畫示意圖。

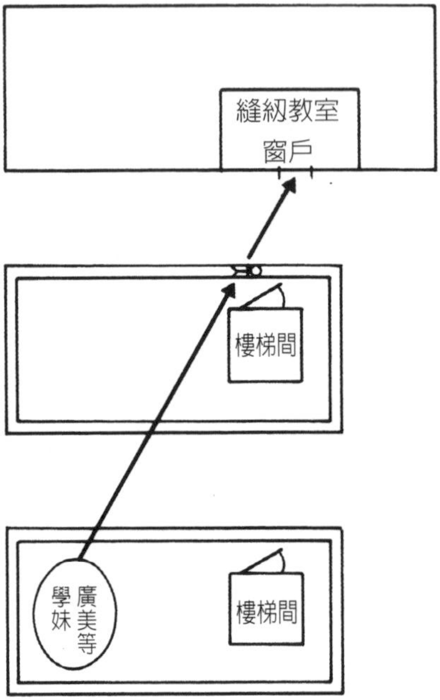

「但這間教室裡有什麼東西能放出這麼強的光芒？」

「當然有。」

我走向窗邊，一鼓作氣拉開白色窗簾，五月的耀眼陽光以極傾斜的角度射入教室。

「那天也是像這樣陽光普照的日子，凶手就是利用太陽光。」

「鏡子……？」

「沒錯，凶手就用這個。」

我將旁邊的全身鏡拉到眼前。當初第一次走進這教室時，根本沒想到這面鏡子竟是重要關鍵。

我調整全身鏡的角度，讓太陽的反射光落在對面校舍屋頂。樓梯間的牆壁上清楚出現全身鏡反射的四方形明亮區塊。

「當初達也就是看到光線？」洋子來到我身旁，望著映照在對面校舍樓梯間牆上的光塊。「但……這麼做眞的能得逞嗎？就算因光芒而失去平衡，也不見得會墜樓，不是嗎？」

「確實不見得。」我說道。

這麼做能成功殺死達也的機率可能只有十分之一，甚至是百分之一。總之成功率絕對遠小於五成。

「所以我猜凶手原本不打算害死達也。多半想開個玩笑，或帶有一點點惡意，想要嚇一嚇他。」

「開個玩笑……」

「當然我們不能因此任凶手逍遙法外。這算凶殺案，我要把凶手揪出來。」

「但你有線索嗎？」

「別擔心，我已經想好怎麼做了。」

洋子凝視我片刻，才緩緩將視線移開，低聲呢喃：

「好，那就看阿良的了。但查出誰是凶手後，一定要立刻告訴我。」

「沒問題。」我一邊說，將全身鏡推回原本的位置。對面樓梯間牆壁上的明亮方塊就在這一瞬間溶解於藍色的天空中。

當時凶手碰巧在這間縫紉教室裡。我所有推論都以這一點爲基礎。凶手不太可能是惡作劇而特地跑到這間教室。利用全身鏡反射太陽光來惡作劇，這顯然是臨時想到的主意。

既然如此，重點就在那天放學後誰在這間縫紉教室。這是我須查清楚的事情。

「那天上課的班級是二年七班跟八班。」

家政課的加藤老師聽我的古怪問題，並沒露出不悅。或許加藤老師很清楚我在追查那起事件的內幕。達也墜樓的案子雖然最後被認定意外，但畢竟疑點很多，不少人對內幕感興趣。

「第六堂上課的是七班跟八班，有些同學沒能在上課時間內完成課堂作業，我跟她們說下課後可以繼續留在縫紉教室裡做完。但我聽說發生那件事的時候，教室裡已經一個人都沒有了。」

「請問最後留在教室裡的同學是誰？」我問。

「這我就不知道了……啊，妳來得正好。」

加藤老師叫住經過身旁的女同學。那女同學是二年七班的副班長，名叫木島禮子，一頭短髮加晒得黝黑的皮膚，一看就知道是個開朗活潑的女生。

加藤老師將我的問題對她又說了一遍，但她的回答也是不知道。

「這跟那起神祕的意外有關嗎？」

就在我大感沮喪的時候，木島禮子這麼問我。我輕輕點頭道：

「可能有，但我還不敢肯定。」

她遲疑一下道：

「既然如此，我可以幫你查一查。」

「妳要幫我查？但這太麻煩妳了。」

「沒關係，我最喜歡查這種事了。」

木島禮子的眼珠透著興奮的神采。她說出三齣刑警推理劇的片名，還得意洋洋地說自己一集都沒有漏看。我一集都沒看過，只能含糊應答，最後順水推舟地接受她的幫忙。

當天晚上，她就向我回報她查到的第一件事。

「最後留在教室裡的似乎不是七班的女生，而是八班的女生。」

「好，那我去八班問問看。」

「不用了，我來查就行。」

「不同班，妳也能查？」

「交給我吧。不過如果我提供的消息讓你解開什麼內幕，一定要告訴我喲。」

這個要求讓我有點困擾，但木島禮子的協助確實幫我大忙，最後我只能以「那也得等解開內幕再說」來搪塞過去。

「好，請期待我的表現。」

木島禮子非常有幹勁。

兩天後，我聽到笠井美代子自殺未遂的傳聞。據說她吞安眠藥，但藥量未達致死量，因此性命沒有大礙。告訴我這件事的人，是足球隊的女助理。她有個好朋友在二年八班，因此輾轉得知了這個消息。

「聽說只有少數幾個人知道笠井自殺未遂，因此希望學長別到處告訴別人。」

女助理雖這麼提醒我，自己卻是見人就說這件事。

那天晚上，木島禮子又打電話給我。她在電話裡的聲音異常亢奮。

「我查出來了，那天最後一個留在縫紉教室的人是笠井。不過我還沒有向她本人確認，因爲她今天請假……」

6

隔天午休，我將洋子叫到校園裡的長椅邊。操場上有同學正在打軟式棒球。

我先將重點告訴了洋子。她吃驚的程度與前幾天聽我說出「達也是遭到殺害」時相比，可說是有過之而無不及。

「凶手是笠井？」

我點點頭。

「但是……她爲什麼要這麼做？」

這次我搖了搖頭。我感覺自己簡直成了只會搖動腦袋的人偶。

「我也不知道。」我說。

「你也不知道？那你怎麼知道笠井是凶手？」

「這是調查的結果。」

我向洋子說出自己獲得木島禮子鼎力相助，以及笠井美代子自殺未遂這兩件事。洋子似乎原本也不知道笠井自殺未遂，聽完大爲震驚。

「聽說木島大張旗鼓地幫我查這件事，還到處吹噓說這跟那起墜樓事件有關。或許笠井擔心自己做過的事曝光，才會畏罪自殺。」
我說到這裡，心裡不禁過意不去。畢竟我追查眞相的目的，不是想把凶手逼上絕路。
「但是……笠井有什麼理由要這麼做？」
「洋子，關於這一點，妳是不是知道些什麼？達也的事應該沒有人比妳更清楚吧？」
「雖然是達也的事，但我什麼也想不到。」
她輕輕搖頭。
我跟洋子好一會不再開口。一個是戀人，一個是摯友，卻還是無法完全瞭解達也。
半晌後洋子緩緩道：
「不如我直接見笠井，從她口中問出眞相好了。我想她應該願意對我說眞話。」
「洋子，妳要去見她？」
「嗯。」
「原來如此……」
這或許是個好主意。笠井美代子面對洋子，或許願意敞開心房。
「好，那就拜託妳了。」
反正我也想不到更好的辦法。

三天後是星期天，洋子要我到她家會合。洋子家有著寬廣的庭院，建築物本身像以白色方塊組成。洋子房間在二樓，自從國小畢業後，我就再也不曾踏進一步。

「達也自己也有不對之處。」

洋子啜一口她母親送來的紅茶道：

「達也把笠井寫給他的情書拿給英語會話社的朋友看，還請那個朋友代爲向笠井拒絕。達也確實有這樣的毛病，他以爲不當面拒絕就能避免對方受到太大打擊，但他不知道這更傷女孩子的心。」

洋子的口氣帶著三分焦躁與無奈，彷彿正傳達著笠井美代子的心情。

「笠井爲了報仇，想要嚇嚇達也，所以才做出那種事。她哭著跟我說，她沒想到會闖下大禍。」

「……」

「其他環節就跟你推測的一樣。當她知道有人在查縫紉教室的使用者，以爲完蛋了，只好以死謝罪。沒自殺成功反而讓她很懊惱。」

「……原來是這麼回事。」

我實在不知道這時該說什麼才好。整件事到底算是誰的錯？或許沒有人是壞人，也或許每個人都是壞人。

「微不足道的蓄意。」

我說出偶然浮上心頭的話，洋子只是默不作聲。

7

強烈的北風幾乎要將我的耳朵扯斷。包廂按摩的宣傳單纏上我的腳，接著又被風帶走。我實在不明白，爲什麼車站前的天橋如此髒污。就算是大白天，也至少會有一、兩灘醉漢的嘔吐物。

滿臉倦容的聖誕老人及捧著歲末募捐箱的女孩子通過我的面前。雖然是兩種完全不相關的人物，同時出現在視線裡的景象卻令人異常熟悉。

我拉起外套衣領，心裡不禁納悶爲何選在這種地方碰面。或許打電話的時候，我的心境就跟如今眼前冷清乾燥的氛圍如出一轍。

我會陷入這樣的情緒，全因收到一封信。寄信人是行原俊江，也就是達也的母親。

〈事情已過一年以上，或許你會認爲沒有必要舊事重提……〉

信中的第一句話就讓我的心情不禁緊繃。我以爲關於達也的死因，她發現了原本只有我與洋子才知道的祕密。

但信的內容跟我原本預期完全不同。達也的母親不知道縫紉教室、全身鏡這些事，甚至沒聽過笠井美代子這個人。

〈那孩子的房間，原本我一直沒去動。不久前想把房間好好打掃一番，卻發現這個。〉

達也母親寫的信，接下來的內容一直圍繞著「這個」打轉。我感覺得出來，自己抓著信紙的手在顫抖。若早知道是這麼回事，或許整起事件會有完全不同的解決方式。

昨天我回一趟母校。那是我在畢業後第一次回去。我走上達也當初墜樓的屋頂。原本在墜樓意外發生後被鎖上的門，如今不知爲何又沒上鎖了。

我站在屋頂上，解開全部的謎。答案原來藏在如此不起眼的角落。我頓時有種強烈的虛脫感。我多麼想將眞相深埋心底，但我做不到。我自己最清楚，我做不到。

強勁的寒風再次迎面颳來。

幾個貌似國中生的女孩子邊走邊按著裙子。我看著她們逐漸走遠的背影，身旁突然有人在我肩上拍兩下。

「你在看什麼？」

一轉過頭便見到笑容滿面的洋子。臉上的妝如上班女郎般成熟，但表情與從前毫無不同。

「你什麼時候開始喜歡那種小女孩了？」

她調侃我一句，正要邁步而行，我開門見山地道：

「今天不是約會，我有話要跟妳說。」

「有話要跟我說？」洋子愣一下，歪著頭思索片刻後提議：「既然如此，我們去咖啡廳吧。我最近發現一間不錯的店。」

「不用了，就在這裡說吧。」我不耐煩地道。

「在這裡？有什麼話必須頂著寒風才能說？」

若是平日的洋子，接著還會補上一句「你瘋了不成」。但這次她沒這麼說，因爲她從我的眼神看出現在不是開玩笑的時候。

「關於達也的事。」

「達也？阿良……我們不是說好了，不再提那件事嗎？」

「這是我最後一次提了。」

我與洋子四目相交。她凝視著我一會，移開視線道：

「好，那就在這裡說吧。」

她雙手插在大衣口袋，俯視天橋下方。塞在車陣裡的每輛車子都持續運轉著引擎，宛如在比賽誰能釋放出最多的廢氣。或許因爲十二月，其中好幾輛是大貨車。

仔細想想，光是我跟洋子像這樣相約見面，便是一件不尋常的事。原本我只是個襯托達也的角色，我的初戀註定要成爲模糊的回憶，與古老的相本一同遭時間埋沒。沒想到在達也去世後，我與洋子迅速發展爲親密關係，直到如今我依然對達也抱持著歉疚之心。過去我只能以這種藉口來說服自己：除了達也，我是唯一能讓洋子接納的人。

但這畢竟是一件不自然的事。

「那個時候……」

我看著洋子的雪白側臉道：

「其實有一點讓我一直想不通，那就是達也怎麼會獨自跑到那種地方。」

「現在你想通了？」

洋子的姿勢沒有改變，表情也沒有變化。

「想通了。」我帶著絕望的心情道：「達也不是獨自一人，他當時跟妳在一起。」

洋子什麼話也沒說，只是愣愣地看著天橋下方。我接著說出達也母親的來信。信裡提到母親在打掃房間時，發現達也去年使用過的行事曆。上頭清楚寫明達也在墜樓那天，與洋子約好放學後見面。

「那天放學時，你們一起上了屋頂。達也在妳眼前墜樓的。」

「但是……目擊墜樓過程的一年級學妹們說過，當時達也身邊一個人也沒有……」

「屋頂上有樓梯間。」我打斷洋子的話。「昨天我上去確認過了，從她們打排球的位置很可能看不到妳，因爲被樓梯間擋住了。」

我頓一下，接著道：

「但我眞正想知道的不是這個……昨天我還與笠井美代子見了一面。」

洋子的表情終於有了變化。我看得出來，她的呼吸停止了。

「剛開始她一問三不知，說什麼也不肯告訴我實話。後來我向她保證絕不告訴警察，她才對我說出眞相。她告訴我，那天妳確實在達也身邊，但妳要求她不准把這件事說出去。妳給她的交換條件，就是妳也不會把達也的死因告訴警察。我只想問妳一句話，爲什麼妳要徹底隱瞞當時妳就在達也的身邊？」

洋子突然轉頭面對著我。臉色雖然蒼白，卻帶著一絲笑意。

「阿良，你眞的想不出來爲什麼？」

我搖頭道：「不，我大致猜到了。」

「說說看。」

她看著我的臉，簡直像在催促我說出一個有趣的故事。我倚靠在天橋的扶手，看著下方道：

「就像那天的你們一樣，我走上屋頂。我站在妳當時很可能站的位置，試著回憶那時的情境。這讓我察覺一件原本沒注意到的事。就是縫紉教室裡的全身鏡。從妳的位置，一定看得到放在縫紉教室窗邊的全身鏡。」

我話鋒一轉補一句：

「以下全是我的想像。不，說妄想也不為過。但我希望妳聽到最後。」

接著我侃侃道：

「達也與洋子是一對情侶……從國小開始，這就是難以撼動的事實。每個人都認為你們會一直在一起，永遠不會分開。但對妳而言，這或許成了一種負擔。畢竟人的心情不可能永遠不變。但這並不表示妳開始討厭達也，或是對跟他在一起感到厭煩。妳只是開始嚮往外頭的世界。」

灰色的空間籠罩著我與洋子。不知在外人眼裡，我們兩人正在做什麼。女方想分手而男方苦苦哀求？抑或相反？

「那一天……」

洋子緩緩張唇說話的瞬間，我明白要結束了。什麼事情要結束？我也不知道，或許是一切吧。

「達也把我叫到屋頂上，對我說……他要報考北海道的大學。我原本有些驚訝，但馬上就想通了。他說過想當獸醫，當然會想進北海道的大學。但他下一句話才眞的讓我嚇一跳。他要我跟他一起到北海道，一起報考北海道的大學。我嚇傻了，一句話也說不出口，他竟然又對我說……『我有自信能愛妳一輩子。爲了妳，我什麼事都願意做』。他爲了證明這一點，還跳上屋頂的圍牆。就在那一瞬間，我打從心底認爲他是一個負擔。包含他對我的愛，以及過去的一切。」

「妳爲什麼不老實說？」我問。

「老實跟他說，我們的關係就到此爲止嗎？」

「沒錯。」

「如果我當時老實說了……阿良，你會願意跟我在一起嗎？」

「我？」

這個問題讓我迷惘了。不，其實我的心裡沒有一絲一毫迷惘。答案肯定是不。即使觀念再怎麼守舊，這是我與達也的友情。

「你一定不會答應吧？我非常痛苦。老實說，在讀國小、國中的時候，達也確實是我心中的理想伴侶。他那種什麼都要拿第一的姿態，在我眼裡充滿了魅力。但是上高中後，我開始無法從他身上獲得滿足。因爲他逐漸習慣了敗北的感覺，開始屈就於當一個平凡的人。阿良，從那個時候開始，我就被你吸引了。你雖然不是當第一名的料，但永遠有努力追求的目標。我喜歡像你這樣眼神總是神采奕奕的人。阿良，這算是背叛嗎？說穿了不過是高中生談戀愛，我只不過是喜歡上了其他人，這難道是什麼不可原諒的大錯？」

洋子的笑容中帶著淚水。那哀戚的眼神深深烙印在我心中。

「我無法再忍受被那微不足道的戀愛束縛住了。我就是我，我想以佐伯洋子的身分活下去，不是永遠當達也的女朋友。但沒有人願意接納眞正的我，彷彿我的人生已被他人決定了……我甚至沒有辦法向我眞正喜歡的人表白，這讓我萬分痛苦，達也的眞心告白又給了我沉重的壓力。就在那個時候，我看見對面校舍有東西在發光。當我說出『達也，你看看那是什麼』的時候，我不否認，我確實期待那十分之一，甚至是百分之一的機率。」

洋子的語氣非常微弱，一字一句對我而言卻有如吶喊般震耳欲聾。沒人能預料到孩提時代萌生的思慕之情，竟帶來這樣的下場。以全身鏡反射太陽光的凶手確實是笠井美代子，但設計讓達也看見光線的凶手卻是洋子。

洋子緊閉雙唇，正面承受著夕陽的餘暉。染成橙色的臉頰上，掛著一滴淚珠。如今的我，已無法判斷那滴淚是爲何而流、爲誰而流。

我不再對洋子說出一句話，以後也不會再與她見面。

我緩緩邁開步伐。路上行人的視線，皆在我與洋子的臉上來回移動。或許他們認爲這一幕是一個女人正被男人拋棄。

路旁的長髮少女在這節骨眼遞來一張搖滾樂咖啡廳的宣傳單，我下意識地伸手接過。

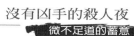

黑暗中的兩人

1

晨曦自窗簾縫隙透入。

刺耳的鈴聲震動著空氣，規律跳動中的心臟彷彿被人踢了一腳。永井弘美從被窩中彈起，瞇著尚未適應光線的惺忪雙眼，摸索著找到桌上的鬧鐘。但不管怎麼按，鈴聲依然響個不停。拿到眼前一看上頭時間，才明白原來凶手不是鬧鐘。

——怎麼會在這種時間……

清晨六點五十分。會在這種時間打電話來的人，若不是故鄉的雙親，就是班上的學生。弘美以棉被裹住身體，起身將手伸向電話。話筒異常冰涼，簡直像在冰箱裡放了一整晚。

「喂，敝姓永井。」

聲音依然帶著三分睡意。

「喂……？」

話筒中傳來年輕男性的聲音，語氣有些畏畏縮縮。弘美心想，果然是班上的學生。這嗓音確實很熟悉，只是腦袋裡一時想不起這個同學是誰。「我是萩原。」直到對方說出這句話，弘美心中才浮現這個同學的臉。

「我今天想請假。」

萩原信二以低沉的語氣說道。弘美內心頓時有股不好的預感。

「發生什麼事了嗎？」

對方沉默半晌，彷彿勉強擠出來的聲音呢喃道：「我弟弟……」

「你弟弟怎麼了嗎？」

「……他死了。」

「……」

這次輪到弘美陷入沉默。但此時浮現在腦海的卻是最根本的問題：萩原信二有弟弟？

「生病嗎？」弘美問道。

「不是……被殺了。」

信二的口吻激動得令弘美心頭爲之一震。

「咦？」弘美不由得驚呼一聲，握著話筒的掌心瞬間冒出汗水。

「他被殺了。當我早上起來，他已經死在嬰兒床裡了……我想請假……」

2

弘美打一通電話給教務主任，表示自己馬上要趕往萩原信二的家，希望教務主任代爲安排將第一堂課改爲自習。從對方的語氣聽來，學校似乎還沒人知道這件事。弘美將經過說一遍，嗓音低沉的教務主任聽完似乎也很錯愕，但他旋即道：

「但這種時候妳就算去了，又能幫上什麼忙？」

弘美聽對方口氣冷淡，不禁怒上心頭地反駁：

「學生現在一定受很大的打擊，如果這時有人能爲他加油打氣，心情會輕鬆不少，我非去不可。」

弘美自認爲已盡量壓抑，但音量還是頗爲驚人。教務主任似乎受到震懾，不敢多說。

——話雖這麼說，但要怎麼爲他加油打氣？

前往信二家的路途上，弘美一直在思考。大學畢業後，弘美便從事國中教師工作，至今過三個年頭，但第一次遇上這種事。當然過去遇上過兩、三次學生家長去世，也參加過喪禮，但畢竟這次的情況有所不同。弘美想，就算是資深教師恐怕也少有這種經驗。

萩原家的周邊一帶，放眼望去盡是長得一模一樣的狹小房屋。相較之下，萩原家卻是有著白色牆壁的西洋建築，座落在大量典型日式房屋之間相當搶眼。萩原家不僅庭院廣大，且停車場大得足以停下兩輛私家車。但弘美一下子就認出萩原家，並非因爲外觀氣派，而是門口停著數輛警車。

弘美站在圍牆外往門內一探頭，看見庭院及玄關口站著數個男人，有的是身穿制服的警察，其他人看起來也是警界人士。庭院裡還有人趴在草坪，似乎正在尋找什麼。

弘美在門口站一會，便有穿制服的警察走上前來詢問身分。似乎站在門口探頭探腦的行爲引起警察的注意。

弘美報上身分，警察的態度登時變得和善，還願意幫忙把信二叫出來。這對弘美來說反而省下麻煩。

走出玄關的信二兩眼有些紅腫，但氣色不算太差，見了弘美也還能夠微微點頭鞠躬。

「請進，我房間沒人。」

信二有些粗魯地道。

信二的房間在二樓，西式房間，約八張榻榻米大。窗邊有張書桌，紫藤色的窗簾在上方隨風搖曳。桌面乾淨整潔，地毯上找不到一片垃圾，靠牆的床上也整理得整整齊齊。

「原來你這麼愛乾淨。」

弘美說道。但信二一句話也沒回答。

信二開電暖爐，光芒逐漸由微弱轉爲明亮。兩人坐在地毯上，愣愣地看著溫暖的橘紅色光芒，好一會沒有說話。

「你弟弟……幾歲？」

弘美剛問出這句話，驀然想起信二在電話裡曾提及「嬰兒床」。

「三個月大。」信二語氣沉重說道。

「嗯……」

弘美心裡不斷思索著有什麼話能爲信二加油打氣。這是自己特地到他家的目的。但此時不論說什麼，似乎都會得到反效果，想來想去竟一句話也說不出口。信二似乎察覺弘美的心情道：

「老師，我沒事，妳不用爲我操心。」

「咦？」弘美錯愕地凝視信二的側臉。

「妳特地看我，我很開心了。或許還無法相信這是事實，但現在並不特別難過。」

「嗯……聽你這麼說，我就放心了。」

弘美心想，自己沒能爲學生加油，反而讓學生爲自己加油了。

信二起身走向窗邊，拉開鋁製窗框的玻璃窗，指著左手邊說道：

「我弟弟原本睡在那間房間。」

弘美走到他的身邊，朝他所指的方向望去。

「今天早上六點左右……我還在床上睡覺，突然聽見慘叫聲。我趕緊下了床，走到爸爸的房間一看，那個女人抱著嬰兒，像發瘋一樣嚎啕大哭。」

「那個女人是誰？」

弘美這麼一問，信二粗暴地拉上窗戶道：

「這還用問嗎？當然是我爸的老婆。」

「啊……」

弘美驟然想起一件事。信二的親生母親數年前病逝，父親兩年前再婚。但信二爲何使用「這還用問嗎」這種表達方式，卻讓弘美有些摸不著頭緒。

「通往庭院的玻璃門沒有上鎖，凶手似乎就是從那裡進出我家。」信二把玩著窗戶鎖說道。

「但凶手爲什麼要對一個嬰兒下手？」

「刑警說凶手可能進來想偷東西，卻吵醒弟弟，怕弟弟哭鬧，一時衝動才下了毒手。但眞相到底是什麼，目前還沒有結論。」

「父母沒發現歹徒闖了進來？」

「房間隔著摺疊門，我弟弟獨自睡在裡頭。而且那時是三更半夜，我爸爸跟那個女人都睡得正熟，何況小嬰兒也不懂得抵抗……」

信二說到這裡，忽然冷冷地說道：

「啊，對了……聽說弟弟是被勒死的。」

「勒死……？」

「嗯，死因是窒息，聽說有遭勒死的痕跡，不過我這種外行人根本看不出來。」

信二一面說，一面做出勒住脖子的動作。

弘美看著信二的姿勢，心裡想像嬰兒的纖細脖子，不由得背脊發涼。一個睡在嬰兒床裡的弱小生命，竟遭大人伸出長長的手臂掐死，令人不敢相信這是發生在現實的事。

「那你的父母……還好嗎？」

信二微微將腦袋偏向一邊道：

「我也不知道……爸爸應該在接受警察問話吧。至於那個女人，現在多半是躺在床上睡覺，聽說她一度昏厥。」

弘美想，遇上這種事，昏厥也很正常。

信二送弘美到門外。周圍還是有一些刑警在走動著，但警車的數量已少了許多。

就在這時，一輛白色轎車不知從哪個方向駛來，靜悄悄地停在萩原家門前。

在響起手煞車的聲音後，引擎聲停止，車內走出一名年約三十多歲的男人。那男人有著高䠷的身材，穿灰色三件式西裝。他快步走向弘美及信二問：

「令尊在家嗎？」

男人的嗓音比想像中要年輕許多。

「在裡頭。」

信二朝家門口甩甩下巴，態度相當不禮貌。男人似乎早已習慣，絲毫不以爲意。他敷衍了事地朝弘美微微點頭，迅速走進門內。

「那個人是誰？」弘美問道。

信二看著男人的背影進入玄關後道：

「公司的人。爸爸優秀的部下。」

「喔……？哪方面很優秀？」

「我也不知道。」

信二一臉認眞地搖了搖頭。

弘美拍拍信二的肩頭，說道：

「老師先走了，你要打起精神。」

信二淡淡一笑回答：

「我沒事，眞的。」

「那就好……」

弘美聽信二說得信誓旦旦，便轉身邁步而行。學生看起來比自己預期得要堅強，這讓弘美著實鬆口氣。但弘美早已看出信二的兩眼紅腫且布滿血絲，顯然曾因失去弟弟而哭泣過。弘美對著自己的影子咕噥一句「太可惡了」，彷彿把影子當成那身分不明的凶手。

3

弘美到學校時，消息雖然還未傳開，但三年級的幾個導師都已知情了。消息來源似乎就是教務主任片岡。

「聽說發生了凶殺案？」

弘美剛坐在自己的座位上，隔壁的數學教師澤田就迫不及待地搭話。弘美很討厭澤田這個人，一來他很愛抽菸，弘美一天到晚都得吸他的二手菸，二來澤田明明是個男人，卻最愛聊八卦是非。

「萩原的弟弟還是小學生吧？凶手眞是太殘忍了。」

弘美感覺一股菸味迎面而來，趕緊起身避開道：

「三個月大。」

澤田驚愕得合不攏嘴，弘美瞥他一眼，心裡不禁有些痛快。

弘美正要前往教室上英文課，路上卻被早瀨叫住。早瀨的年紀約四十四、五歲，身材高大，頭髮花白但髮量極多。他除了是理科教師，也身兼生涯規劃諮詢主任。

「萩原一定大受打擊吧？」早瀨以低沉的嗓音問道。

「不，比原本預期要好得多……」

弘美老實說出與信二交談後的感想。早瀨露出放下心中大石的表情，頻頻點頭道：

「那就好。畢竟現在可是重要時期。」

「是啊……」

現在是十二月初，離著名私立高中的入學考剩不到兩個月。

「萩原報考的是私立W高中吧？那更不能掉以輕心。」

「這我明白。」

W高中是全國數一數二的名校，來自外縣市的考生相當很多，這所國中每年只有一、兩人能考上。但以萩原信二的成績，應該不成問題。

「我想應該是不會落榜才對。萩原這學生向來沉著冷靜。」

「對了，早瀨老師，聽說你是萩原二年級時的級任導師？」

「是啊，但我從來不曾眞正摸透那小子的性格。」

早瀨揚起嘴角。

中午過後，不知是誰走漏風聲，學生之間竟然議論紛紛。走在走廊上，還會遇上學生詢問謠言眞僞。弘美只能模糊應答，或是顧左右而言他，避免給予明確的答案。

但是就在第五堂課結束，弘美走出教室時，遇上了沒有辦法隨口敷衍的狀況。這次前來詢問眞相的是三年二班的筒井典子，弘美知道她是萩原信二的女朋友。

「傳聞是眞的嗎？」

個頭嬌小的典子以眞摯的眼神仰望弘美，令弘美爲之動容。

「是眞的。」弘美回答。

典子一聽，臉頰迅速轉紅，眼眶開始變得濕潤泛紅。

「不久前我才看過那個小嬰兒……」

「妳去了萩原家？」

「嗯，跟他約好一起念書……小嬰兒好可愛，跟他長得好像。但我跟他這麼說，他竟然生氣了，一直說沒那回事……」

典子緊咬著牙根忍耐著。

「參加那小嬰兒的喪禮，送他最後一程吧。」

弘美柔聲道。典子默默點頭。

弘美回到公寓，一看這天的晚報，立即得知警方偵辦的進度。根據警方發現的痕跡，歹徒可能是翻越後方庭院的圍牆，穿過庭院侵入屋內。屋內遭翻箱倒櫃的狀況並不嚴重，警方認為很可能是因為歹徒侵入後不久，嬰兒就哭起來。如今警方正在進行指紋採樣，但還沒掌握進一步線索。

——眞是奇怪……

弘美拿著新聞，心裡越想越納悶。

——為什麼沒有上鎖？

嬰兒房的玻璃門沒有上鎖，令弘美有些不可思議。當然每個人都有疏忽犯錯的時候。或許嬰兒的母親忘了上鎖，卻誤以為已經上鎖也不一定。但眞正令弘美百思不解的是接下來的環節。

——歹徒為什麼知道那扇門沒有上鎖？難道歹徒原本就想侵入萩原家，正在物色適合侵入的路線，偶然發現那扇門的鎖沒有扣上？如果眞是如此的話……

弘美不禁心想，那可眞是倒楣得令人難以置信。

4

萩原麗子直到傍晚六點多，才開始接受負責刑警的問話。她因受到太大打擊而陷入精神錯亂的狀態，吃了安眠藥後一直昏睡到四點，醒來後依然持續叫著嬰兒的名字，根本沒辦法接受調查。

刑警是在萩原家的會客室對麗子進行問話。

「總而言之……」

縣警搜查一課的高間刑警以極輕柔的語氣說道：

「夫人大約十一點就寢，約十二點時，出差的尊夫回來了……對嗎？」

「對。」

回答的人不是麗子，而是在一旁攙扶著麗子的萩原啓三。啓三頭上的稀疏毛髮有些凌亂，臉上皮膚毫無彈性，看得出來非常憔悴。他代替麗子回答後，麗子默默點頭。

警方對啓三的問話已早一步結束了。根據他的證詞，昨天他因公出差，原本預定要在外頭住一晚。但後來工作提早結束，他雖然知道時間已晚，還是決定直接回家睡覺。到家的時候，已是深夜十二點左右。

「尊夫回來時，夫人醒了嗎？」

房裡開了暖氣，麗子還穿著頗厚的睡袍，但她還是不停全身顫抖。麗子的五官輪廓極深，平日精神狀況好的時候，美得能以嬌豔欲滴來形容。但如今卻臉色慘白，說話時的嘴唇動作也極不自然。

「醒……醒了……」

「好，那麼後來呢？妳馬上就入眠了嗎？還是做了其它事情，例如躺在床上想事情三十分鐘之類……」

「好像有……但我記不得了。」

「嗯，記不得也很正常。在那段期間，妳沒聽見什麼奇怪的聲音，是嗎？」

麗子有氣無力地點點頭。

接著刑警問起玻璃門爲何沒有上鎖，麗子再度開始哽咽。

「都是我不好。如果我確實把門鎖上，就不會發生這種事了……」

啓三沉默不語，雙眉間的皺紋流露出無以名狀的懊悔。但此時說什麼都無濟於事，只能專心扶著隨時會癱倒的妻子身體。

「過去夫人也經常忘記鎖門嗎？」

麗子用力搖頭，身體也跟著擺動，似乎想要強調絕無此事。

高間刑警接著問很多問題，諸如家裡過去有沒有遭過小偷、是否曾在住家附近看見可疑人物等等，想要找出有助於追查凶手的蛛絲馬跡。

「最後一個問題……或許我這麼問有些失禮，但是請兩位仔細回想看看，是否曾經與人結怨？」

兩人面面相覷，似乎沒預料到警察會這麼問，又像不滿警察竟會問出這種問題。兩人遲遲沒有應答，半晌後啓三開口反問：

「你這意思是說……凶手是因爲憎恨我們才殺了嬰兒？」

高間面無表情地道：

「凶手實在太殘忍，我們才會有這樣的懷疑，請見諒。」

兩人再度對望一眼，啓三以代表兩人立場的態度說道：

「絕對不可能。像我們這種小市民，沒有那麼大的影響力。」

高間刑警與新進的日野刑警走出萩原家，在房子周圍巡視一圈後，轉頭走向車站。

「該怎麼說呢……眞是讓人不舒服的案子。」高間癟嘴道。

「是啊。」日野表達認同。

「好不舒服。我辦過不少凶殺案，最討厭遇到這樣的案子。該怎麼說呢……就算是殺人不眨眼的魔頭，也有一些規矩，例如某些事絕對不能做之類……」
「禁忌？」
「對，就是禁忌。犯罪若有禁忌，這起案子就是觸犯禁忌的最好例子。如果犯罪者的禁忌手冊裡還沒有這一條，那就應該趕快加上去……『禁止殺害嬰兒』。」
「眞讓人看不下去。」
「是啊，看不下去。」高間板著臉點點頭。
當初一接到通報，高間立即趕到了現場。那時屍體還放在嬰兒床裡，表情像是睡得正熟，皮膚卻毫無光澤，且全身都開始變色。高間雖然早習慣與屍體爲伍，還是感到背脊竄起一股寒意。而且不知道爲什麼，這一幕讓高間想起數年前看過的一部電影《失嬰記》(*1)，高間早已將劇情忘得一乾二淨，只記得裡頭有個面貌醜陋的嬰兒。
嬰兒似乎是被勒死的。法醫說得輕描淡寫，高間只是隨口應一聲，內心卻有些難以接受這個事實。
光想像用手指將柔軟的肉塊捏扁的觸感，便忍不住想吐。
「向附近街坊鄰居蒐集證詞有沒有什麼進展？」高間問。
日野一臉憂鬱地回答：
「不是很順利。推測死亡時間爲凌晨兩點至四點間，這種時候還醒著的人不多。」

「搜查遇上了瓶頸。」

「目前是這樣。」

高間不禁低聲咕噥。

兩人抵達車站，跳上開往該轄區警署的電車。搜查本部就設置在那裡。這條線路的乘客向來不多，但由於此時剛好是壅塞時間，車廂內並無座位。高間將整個身體的重量施加在拉著吊環的右手上，呢喃道：

「我實在不懂。」

「你指哪一點？」

「那個玻璃門的鎖。昨晚剛好忘了上鎖，怎麼剛好就有歹徒闖進來？」

「你的意思是這太湊巧？」

「你不這麼認爲？」

「但若要從這條線索查下去，萩原家不就成了共犯？」

「不可能嗎？」

*1 《失嬰記》英文原名「Rosemary's Baby」，是一部上映於一九六八年的美國恐怖片。

「我也不知道。」日野歪著腦袋道：「至少我想不通。」

「我也還沒想通。」

高間無奈道。

5

到隔天，高間與日野再度前往萩原家周圍一帶蒐集證詞。附近居民都知道這起命案，大多願意積極協助，但實質收穫少得可憐。正如同日野說的，凌晨三點還沒睡的人寥寥可數。

不過問數家後，有一家的主婦提供這麼一個消息。她有個親戚也住在這一帶，那親戚有個獨生子，習慣三更半夜在街上慢跑，路線似乎會經過萩原家附近。

「三更半夜在街上慢跑？」高間不禁有些錯愕。

「他是個重考生，已經落榜兩次了。每天都是白天睡覺，晚上才起來念書，累了就靠慢跑來轉換心情。他本人似乎很中意這樣的生活，稱自己是丑時三刻的慢跑者……」

兩人一獲得這個線索，立即前往拜訪重考生。重考生的家距離萩原家有點遠，因此原本不在警方蒐集證詞的範圍內。

「丑時三刻的慢跑者……天底下眞是無奇不有。」高間不禁苦笑。

「考生容易運動不足，這麼做也沒什麼不對。如果這位考生眞的看到了什麼，我們還得感謝他呢。」

「有道理。」高間點頭同意。

那重考生名叫光川幹夫，當刑警找上門時，明明時間接近中午，他卻正躺在被窩裡呼呼大睡。刑警拜託母親把幹夫叫醒，大約過十分鐘後，穿著睡衣的幹夫睡眼惺忪地來到兩人面前。

「眞是抱歉，我們不知道你還在睡。」

「不是還在睡，是剛要睡。」幹夫臭著一張臉道。

一問之下，原來幹夫不知道那起命案。一來他不看報紙，二來他跟家人很少說話。不過當他聽到發生這種事後，也沒露出特別驚訝的表情。

刑警接著詢問慢跑的事，幹夫得意洋洋地道：

「體弱多病的考生已經是舊時代的產物了。」

「請問你昨天也慢跑了嗎？」

幹夫聽到這個問題，竟搔了搔有如鳥巢般的一頭亂髮道：

「昨天沒跑。」

「沒跑？爲什麼沒跑？」

「昨天我身體不太舒服，有點感冒。」

「原來如此……」

高間與日野互看一眼，不約而同地輕輕嘆息。既然他昨天沒跑，再問下去也是白費力氣。兩人原本滿心期待，聽到這個答案都有些沮喪。

「那我們不必問他那天晚上發生的事了。」

「是啊。」

高間與日野正準備打道回府，幹夫此時卻說出驚人之語。

「若是其它天晚上，我倒知道一些有趣的事。」

高間正打算要告辭離開，一聽到這句話立即停下腳步。

「有趣的事？」

「是啊。」幹夫聳聳肩膀道：「我幾乎每天都在那附近慢跑，有時會看見古怪的事情。」

「能不能說來聽聽？」

高間重新坐了下來。

「或許沒什麼大不了。我在那附近慢跑，有時會看見路邊停著一輛不知哪裡來的車子，但過一會經過原地時，那輛車子已經不見了。像這樣的狀況目擊了大概五次。」

「……什麼樣的車子？」高間興奮地問道。

「不知道。」幹夫滿不在乎地回答。「我經常告誡自己，上大學前別關心車子的事。不過看得出來那不是小家子氣的大眾車款。車身很大，顏色是白色。」

「開車的人長什麼樣子？」

「從來沒見過，每次看到都是空車。」

「還記得第一次看到是什麼時候嗎？」

「大概一個月前吧……」

接著高間等兩人又問了兩、三個問題，才告辭離開。

「你怎麼看？」

兩人來到車站前的咖啡廳裡，高間一邊問，一邊吃著三明治，喝著咖啡。

「兩種可能。」日野忙著扒咖哩飯。「第一，歹徒到附近勘查環境。第二，有人偷偷摸摸進出萩原家。」

「不會是第一種。歹徒若要勘查環境，不會大剌剌地把車停在附近。」

「這麼說來，那就是……」

「可能是偷情吧。」高間雖語帶保留，口氣卻相當有自信。「萩原麗子還那麼年輕，誰知道啓三能不能滿足她。何況啓三經常出差不在家。」

「老公一出差，老婆就找男人？這麼說起來，案發那天啓三也出差去了，原本預定要住在外面。」

「沒錯，情夫那天晚上也來了，他們根本沒料到啓三會突然回家。麗子沒有鎖上玻璃門，也是這個原因。」

「沒想到啓三竟然回來了。當情夫偷偷摸摸進入萩原家時，啓三早睡在床上了。情夫嚇得趕緊想要開溜，沒想到吵醒小嬰兒。」

「情夫怕嬰兒的哭聲驚動啓三，所以下毒手勒死嬰兒？這麼說來，麗子當時應該已經睡著了。就算再怎麼害怕姦情曝光，做母親的總不可能任憑兒子被殺而默不作聲。」

「多半是這樣。」

兩人扔下還沒吃完的餐點，氣勢洶洶地站起來。

6

案發第五天，萩原信二還是沒上學。喪禮也結束了，實在沒有理由繼續請假。永井弘美這天從學校打了數次電話，但沒一次打通。

——難道出事了？

弘美心中擔憂，決定在放學後到萩原家看看狀況。包含喪禮那天，這是弘美第三次拜訪萩原家。喪禮那天，信二看起來還算有精神。

跟前兩次拜訪時比起來，今天萩原家的氣氛顯得冷清許多。之前來到這裡，一次是案發當天，另一次是喪禮，兩次都聚集不少人。但今天不僅看不到一個人，且天空陰霾不開，加上屋內幾乎沒透出一絲燈火，整個空間一片死寂。

弘美略一遲疑，按下圍牆門邊的對講機按鈕。屋內完全沒傳出門鈴聲，難以判斷這是否有效。弘美只能靜靜等著，任憑時間一分一秒過去。

等兩、三分鐘後，弘美決定緩緩轉身邁步。看來屋裡沒人，繼續守在這裡也沒用。

但就在這時，對講機突然傳出說話聲。「老師，進來吧。」那是信二的聲音。弘美急忙湊向對講機道：

「萩原，你爲什麼……」

「我會好好解釋的。門鎖開了，進來吧。」

弘美嘆口氣走進圍牆。原本車庫裡總是停著兩輛車，但此時弘美察覺較大的那輛今天不見蹤影。

打開玄關大門一看，信二笑臉盈盈地等著自己，身旁沒有其他人。

「爲什麼不來學校？」

「等會再說教吧。」

信二喜孜孜地將弘美迎入房間。

「只要對講機響起，我就拿著這個在這裡偷看。若是不想見的客人，我不會理會。」

信二拿著雙筒望遠鏡站在窗邊道。確實從那個位置能夠清楚看到門外。

「我還打了電話，但沒有人接。」弘美說道。

「電話鈴聲沒辦法判斷來電是誰，我從來不接。」

「父母呢？」

「不在。」

信二的口氣像在說一件微不足道的小事。

「不在……？」

「爸爸到公司去了，那女人不知去了哪裡，總之兩人都沒有回家。」

信二一屁股坐在床上，接著說道：

「老師，妳應該還記得吧？事情發生的那天早上，不是有個男人到我家嗎？開一輛白色豐田皇冠汽車，一副裝腔作勢的態度。」

「記得。」弘美頷首說道：「你說那是父親公司的人，還說他很優秀。」

「那傢伙被逮了。」

「咦?」

弘美不明白信二這句話什麼意思,一時不知作何反應。

「那傢伙姓中西,是那女人的情夫。據說每次我爸爸出差,他就會在三更半夜偷偷摸進我家,我竟然完全被蒙在鼓裡。發生事情的那天,我爸爸也出差去了,原本預定在外頭住一晚,所以警察懷疑他又偷溜進來。」

繼母與父親屬下有染……如此驚人的事情,信二卻說得渾然無事,簡直像在說一件同學間的小祕密。

「聽說昨天警察到公司把中西帶走了。我爸爸從昨天開始到公司上班,但昨天晚上沒有回家。幾個刑警來到家裡,問了那女人不少問題,我一直躲在旁邊偷聽。那女人否認跟中西偷情,但她晚上就跑出去,沒有再回來,等於默認了。反正家裡多的是錢,我一個人住也比較輕鬆自在。」

「你猜得到母親可能會去到哪裡嗎?」

「猜不到,也不想猜。」

「但是……」弘美想了一下,說道:「如果那個姓中西的人眞是凶手,母親應該不會否認跟他偷情,因爲那等於包庇殺死兒子的凶手。」

信二沒有應話，仰頭倒在床上，默默地看著天花板。半晌，他才以充滿不屑的語氣咕噥一句「誰知道」。

弘美一時無事可做，只能在房間裡左顧右盼。書桌上攤開放著教科書及筆記本，檯燈也開著。弘美實在無法理解，為何這個學生在這種時候還能靜下心來看書。

「對了……」弘美驀然想起今天到萩原家的目的。「你還不打算上學嗎？」

「上學啊……」

信二輕輕呢喃，接著突然跳下床走到桌邊，在抽屜裡東翻西找。片刻之後，他取出一個小瓶子，遞到弘美面前。

「這給妳。」

那是一瓶法國製的香水，標籤上印著「Vol de nuit」。弘美曾聽過，中文名稱是「夜間飛行」。

「你怎麼會有這種東西？」弘美問。

「妳別管，總之送給妳。」

「這種東西老師不能收。」

「請妳收下。」

「不行。」

弘美說得斬釘截鐵。信二的臉色微微一沉咕噥道：
「好吧，那我想請妳幫個忙……抹一點這個香水。」
信二以懇求的眼神凝視著弘美。
那無助的神情令弘美不忍拒絕。
「就這一次喔。」
弘美打開小瓶子的瓶蓋，以中指沾了少許，抹在耳朵下方。甜中帶著微苦的香氣頓時將整個空間輕輕籠罩。
「這樣可以了嗎？」弘美問道。
信二猶豫一下道：
「我能靠近妳，聞聞那個味道嗎？」
弘美向來禁不起他人哀求，略一遲疑後旋即說：「好吧。」
信二來到弘美面前，緩緩將臉湊過來，抬起鼻子輕輕呼吸。
「好香。」
弘美蓋上瓶蓋，想將香水還給信二，沒想到信二突然撲過來。那不像惡意的偷襲，反倒像熱情的擁抱。弘美被這麼一撲，整個人仰天摔倒，信二立即騎了上來。
「你幹什麼！住手！」

弘美拼命掙扎，但信二力氣驚人，竟無法將他推開。弘美可以感覺到信二的嘴唇在自己的脖子上遊移。

「夠了沒有！臭小子！」

弘美奮力揮出右掌，打在信二的耳朵上。「啪」一聲沉重聲響，信二的力量頓時減弱，弘美趁機從信二的懷裡掙脫。不過短短幾秒鐘，全身已滲出汗水。

信二趴在地上一動也不動，弘美退到牆邊，俯視著信二。兩人皆不發一語，寂靜中只聽得見兩人的粗重呼吸聲。

「你……你幹什麼……」

弘美低頭看著信二，又說一次相同的話，但這次口氣不像剛剛那麼嚴峻。

信二呼吸急促，肩膀劇烈起伏。不一會，弘美察覺他的身體在微微顫抖。

「萩原……」

信二依然沉默不語，只是握緊雙拳，身體異常僵硬，簡直像在強忍著痛苦。好一會，信二呻吟般道：「對不起……」

「你到底怎麼了？」

「對不起……」信二依然趴在地板上，又道一次歉。「拜託妳回去吧……」

弘美拿起提包與外套來到走廊上。信二動也不動，弘美朝著他的背影問道：

「你明天……會來學校嗎?」

信二毫無反應。弘美輕輕嘆口氣,轉身走向玄關。

7

中西幸雄依然否認犯案,甚至不承認與萩原麗子間有不尋常關係。搜查團隊找不到有力證據,瀰漫著一股焦躁不安的氣氛。

「我實在不懂。」

高間將菸蒂伸到菸灰缸裡捻熄,恨恨不已地道:

「中西跟麗子明明有一腿,這絕對不會錯,而且案發當天,中西曾溜進萩原家,這也是千眞萬確的事。」

高間與日野根據重考生光川幹夫的證詞,從萩原家的相關人士中挑出擁有白色高級轎車的人物。接著,從清單中挑出晚上能自由行動,也就是單身或實際生活接近單身的人物。最後,再從中挑出與萩原麗子常有機會見面的人物。

如此篩選,中西幸雄很快便浮上檯面。他是萩原啓三的得力左右手,經常有機會出入萩原家,跟麗子應該見過面。他的愛車是白色的豐田皇冠,刑警拍下照片拿給光川幹夫指認，得到的回答是「確實有點像我看到的車子」。雖然這證詞說得有點心虛，但也算得到個佐證。包含案發當晚，只要是啓三出差的晚上，中西都沒有明確的不在場證明。

問題是警方一直掌握不到關鍵性的犯案證據。

「不用擔心，遲早我們會揪出那傢伙的狐狸尾巴。」

坐在隔壁的日野握著手中的茶杯，信心十足地道。

「我很高興你這麼有幹勁，但我說的不懂，不是這個意思。」

高間從菸盒裡抽出折彎的一根道：

「我不懂萩原麗子的心態。」

「麗子的……心態？」

「嗯。她既然知道中西那天晚上溜進家裡，一定猜得到是中西殺死了嬰兒。既然如此，她爲什麼沒有採取任何行動？以本案的利害關係來看，她不是應該坦承一切，讓中西接受法律制裁嗎？但她不但什麼也沒做，還躲起來。難道她認爲隱瞞偷情事實比替兒子報仇還重要？」

「原來如此，這確實很難說得通。」

「對吧？所以我說我不懂。」

高間焦躁地吐出了一口煙霧。

這天傍晚，萩原麗子主動投案了。當初她突然銷聲匿跡，令搜查團隊急得像熱鍋上的螞蟻，如今終於現身，高間接到消息後精神一振。

「看來她打算說出眞相了。」

高間意氣風發地走向訊問室。

麗子滿臉倦容，腳步虛浮，簡直像在夢遊。臉上沒有化妝，皮膚粗糙沒光澤。

高間問她這幾天躲在哪裡，她回答女性朋友的公寓。

「我只是想靜下心來好好思考一個問題。」

「……什麼問題？」

「凶手到底是誰。」

高間愣愣地看著麗子。她神情憔悴，兩眼直視半空，似乎有什麼打不開的心結。

「萩原女士，請妳實話實說。這案子遲早會偵破，只是時間早晚的問題而已。那天晚上偷偷闖進府上的人是中西幸雄，對吧？」

高間凝視著麗子的嘴角。她的雙脣微微顫動。

「對……」

高間重重吁口氣，起身想要將這重大的進展告訴同伴，沒想到麗子突然說道：

「中西確實來了我家，但他不是凶手。」

高間停下腳步，抓著麗子的肩膀喊道：

「妳說什麼？」

麗子不帶感情的聲音道：

「那天晚上，中西溜進了我家。我發現他來了，不敢驚動丈夫，躡手躡腳地下了床，從窗簾的縫隙對他說『快走，今晚我老公在』。我一直站在窗邊，親眼看見他翻牆出去，他完全沒碰我兒子。」

8

萩原信二的弟弟遭殺害已過十天，永井弘美終於恢復原本的生活步調。距離學生們的升學考試僅剩兩個月，總不能滿腦子想著那起凶殺案。

信二昨天終於來上學了。雖然他只是坐在自己的座位上，整天望著窗外，跟同學們也沒有對話，但弘美暗自期待他過陣子就會恢復精神。

這天放學後，教務主任將弘美叫到座位旁。頭上無毛的教務主任原本就給人面色凶惡的印象，此時臉色更是難看，對弘美說道：「有刑警來找妳。」

「刑警?」

「在會客室等妳。聽說是萩原那案子。我說想跟妳一起接受問話,卻被拒絕了。」

弘美心想,難怪教務主任這麼生氣。

走向會客室的一路上,弘美不禁暗自揣測刑警會對自己說什麼。當然刑警的來意一定是那件凶殺案,但爲什麼找上自己?

會客室內有兩個刑警,一個是中年男人,另一個則是年輕男人。中年男人身材矮小,穿著皺巴巴的西裝,年輕男人則身材修長,穿著體面的三件式西裝。以外貌而言,這兩人形成強烈對比,但不知爲何,在弘美眼裡兩人異常相似。

他們都是縣警的刑警,一個自稱姓高間,一個自稱姓日野。

高間簡單扼要地說明案情,以及中西接受偵訊前的調查過程。雖然這些大致上已從信二口中得知,弘美在刑警面前還是盡量裝出吃驚的表情。

接著刑警告訴弘美,麗子證實中西的清白,弘美這才眞正吃一驚。

刑警說道:

「天底下不會有母親包庇殺死孩子的凶手,萩原麗子的證詞應該足以採信。」

「是啊。」弘美點頭。

「但如此一來,我們的搜查就斷了線索。不,甚至是回到原點。到底誰才是眞正的凶手……我們必須重新擬定偵辦方向。」

弘美有些摸不著頭緒，無法理解刑警爲何對自己說這些，不安情緒卻逐漸高漲。

「我們想請教關於信二的事。」

刑警似乎看穿弘美心中的不安，話題突然轉到與弘美息息相關的人物上。弘美心中一震，趕緊挺直腰桿，喊一聲「是」。

「命案發生之後，他有沒有什麼異狀？」

「沒有才奇怪。」

「這麼說也對，畢竟遇上那樣的事情。」

刑警這句話似乎另有所指。

「妳是否跟他聊過這個案子？」刑警接著問。

「一點點。」

「他是否跟妳提過，他母親發現弟弟遺體時的狀況？」

「他說他原本在睡覺，被母親的尖叫聲驚醒……」

「就是這個！就是這個！」刑警用力點頭數次，上半身不住晃動。「他告訴妳，他是被母親的尖叫驚醒？」

「是啊，有什麼不對嗎？」弘美一臉詫異地問道。

「這就是問題所在。」高間刑警滿臉嚴肅地回答。「昨天我們又去萩原家一趟。既然搜查行動回歸原點，我們當然得回到現場再仔細看一看。沒想到我們偶然發現一個難以解釋的現象。」

弘美凝視著刑警，不明白對方爲何使用這種拐彎抹角的說話方式。刑警接著說道：

「簡單來說，就是雙親的寢室與信二的寢室間隔了好幾間房間，就算在雙親寢室裡大叫，在信二寢室裡也不太能聽得見。倘若睡著，不太可能被那麼微弱的聲音吵醒。」

隔好一會，弘美才明白刑警這番話背後的意義。高間刑警似乎想給弘美思考的時間，故意慢慢掏出香菸點火，深吸一口，輕輕吐出煙霧。弘美看著乳白色的圖騰在空中搖曳，一臉狐疑地說道：

「你們認爲萩原信二撒謊？」

「這是唯一的可能。」

年輕的日野刑警這時開口說話。

「但……他有什麼理由要說謊？」

「難以解釋的現象還不止這個。」高間將上半身湊過來。「案發前一天下了一場雨。泥濘的地面上，清楚留下中西翻牆潛入屋內時的腳印。如果那天晚上，除了中西以外還有其他闖入者，地面上應該會有另一組腳印才對。但不管我們怎麼找，就是找不到其它腳印。因此單以腳印而言，那棟房子並沒其他人進入的跡象。」

弘美明白高間的言下之意，也明白他故意以這種大繞圈子的方式說話的理由，一時口乾舌燥，掌心滲出汗水。

高間目不轉睛地看著弘美，語氣平淡道：

「我想妳應該明白了，凶手並非來自屋外。加上我剛剛說的疑點，我們推測萩原信二是殺死弟弟的凶手。」

弘美感覺腦中彷彿有什麼東西炸了開來。

「爲什麼……？」

弘美勉強擠出這句話。

高間雙手交叉在胸前說：

「爲什麼？沒錯，這就是最重要的問題。爲什麼信二要殺死弟弟？今天我們前來打擾，正是想與老師討論這一點。」

「討論？」弘美一臉茫然地搖頭：「我什麼也不知道。」

「我想也是。但請老師不用擔心。接下來我將提出我們一些推論，妳只要根據妳對信二的理解，判斷我們的推論是否恰當，並且提出妳的個人看法就行了。」

「你們已經猜出眞相了？」

弘美此時依然一頭霧水，這讓弘美有種強烈的無力感。

「例如有沒有可能是這麼回事？信二原本是倍受寵愛的獨生子，但剛出生的弟弟奪走了雙親的關愛，他心生嫉妒……」

「不可能。」弘美語氣堅定地道：「又不是小學生。已經上國中的孩子不可能有這種念頭。何況萩原是個早熟的孩子，並不依賴父母。」

「原來如此，這麼說也有道理。那麼，有沒有可能是這麼回事？事實上信二與母親麗子相處並不融洽。根據旁人證詞，信二平日似乎刻意躲避麗子。換句話說，他並不把麗子當成母親。但是父親與麗子卻生下孩子，這讓麗子成爲名副其實的萩原家女主人。父親與麗子的感情越好，信二越覺得自己遭到排擠。信二沒辦法容許這樣的事情發生，才會狠下毒手，殺死父親與麗子之間的愛的結晶。」

刑警說得口沫橫飛，弘美只能愣愣聽著，沒自信能全盤否定。事實上這樣的推論確實有些道理。弘美早就知道信二與其繼母感情不好，過去弘美從未想過這會對信二造成那麼大的折磨，或許只是自己沒看出學生的黑暗面。

「並不是不可能……」弘美嘆口氣。

兩個刑警對看一眼，各自露出心滿意足的表情。

「但……我還是無法相信那孩子做出這種事。雖然是同父異母，畢竟是親弟弟……聽說他曾經開心地讓女朋友看自己的弟弟，女朋友說他跟弟弟長得很像，他還很不好意思呢……」

「但人確實是他殺的。」

高間一臉嚴肅地對著年輕的女教師道：

「弟弟跟他長得很像，這我也聽說過。但凶手就是他，這是千眞萬確，我很遺憾。」

「眞的很遺憾。」

弘美沮喪地垂首道。

「那麼，我們先告辭了。」

刑警起身說道。

「你們現在要去萩原家嗎？」弘美仰頭望著兩人。

「對，不過不是直接逮捕他，而是請他以關係人身分接受調查。」高間回答。

「若是如此……」

弘美以殷切的眼神望著高間道：

「我有個最後的請求。」

9

弘美在這天七點左右抵達萩原家。街燈照亮狹窄的巷子，弘美緩緩朝著圍牆入口邁步。刑警們等等會趕到。弘美提出的請求是想與信二再次好好談一談。

「我想聽他親口說出眞相。」

刑警接受弘美這個請求。

圍牆入口處一片昏暗。弘美不禁心想，或許萩原家的家門前一直都這麼陰暗，只是自己過去沒有察覺。

就在弘美想像上次一樣按下對講機按鈕時，忽看見有人迎面走來。那個人似乎也看見弘美。在黑暗中緩緩現身的那道人影，是個約莫三十歲年紀的苗條女郎，一對細細長長的丹鳳眼令人印象深刻。弘美想，這個人肯定就是萩原麗子。

「妳要找誰？」

對方淡淡地問道。果然她就是萩原麗子。

「我是信二的級任導師……想跟他談一談。」

弘美微微躬身行禮，麗子隨口應一聲。

「信二有乖乖上學嗎？」她問。

「有，從昨天開始……」

「恢復精神了？」

「雖然無法跟從前比，但已好多了。」

「噢，恢復得眞快。」

麗子望著宅邸內道。她的口吻有如寒冰，弘美不禁心裡發毛。

接著麗子將視線移回弘美身上道：

「我今天有點私事要處理，能不能請妳改天再來？」

麗子撩撥著頭髮道。這個不經意的動作竟讓弘美全身一震，彷彿有股巨大的衝擊貫穿全身，不敢違拗。

「失陪了。」

麗子輕輕點頭鞠躬，走進圍牆內。弘美彷彿凍結，愣愣地站著不動。兩個刑警趕緊奔到弘美身邊。

「發生什麼事了？」高間上氣不接下氣地問。

「她說……今天有私事要處理，要我改天再來……」

「有私事要處理？」

「該不會想打包行李逃走吧？」日野憂心忡忡地說道。

「不妙……」高間咬著嘴唇呢喃：「麗子要殺信二。」

一說完這句話，高間立即奔進圍牆入口，日野急忙跟上，唯獨弘美一臉茫然地看著兩人的背影迅速縮小。

自從兩個刑警奔進屋裡已不知過多久。照理說只有數分鐘，弘美卻有種已在原地等待漫長時間的錯覺。弘美不願想像屋裡此時正上演著什麼戲碼，卻又在心中深深告誡自己絕不能臨陣脫逃。

玄關大門遭人粗魯打開，弘美不禁抬起頭。就在這一瞬間，屋內的燈光朝著弘美射來，映照出站在門口的一團黑色人影。那團人影一邊改變形狀一邊走出門外，接著分裂成兩團。走在前面的那團人影，是高間刑警與麗子。高間緊緊抱著麗子邁步，懷裡的麗子不僅頭髮凌亂，兩眼哭得又紅又腫。兩人都急促地吐著白色的氣息。緊接在兩人之後，還有另一團微微搖曳的人影，那是日野刑警與信二。

這時，耳畔響起日常生活不該聽見的聲音。那是警車的鳴笛聲。或許聲音從剛剛就一直響著也說不定，當弘美驚覺時，警車的紅色迴轉警示燈已來到眼前。

高間等人走出圍牆。弘美想要說話，但麗子那披頭散髮的模樣讓弘美嚇得往後退一步。麗子的表情如病魔纏身，視線在半空中飄忽不定地遊移，眼中雖然看見弘美，卻彷彿什麼也沒看見。

高間讓麗子坐上第一輛警車。就在他正與身穿制服的員警說話之際，日野帶著信二走過來。

此時信二臉上的表情，與弘美今天在學校看見的信二毫無不同。雖然臉色有點慘白，但抬頭挺胸，一點也不顯得慌張。

弘美走上前，信二也看見弘美，兩人各自停步。

「我似乎能夠體會了。」弘美說道。

「……」

「就在剛剛，我似乎體會你痛苦不堪的理由。」

信二的嘴唇微微移動，但聲音微弱得無法讓弘美聽見。

「『夜間飛行』……是那個女人的味道，對吧？」

信二低下頭一會後重新抬起，這次以清晰可辨的聲音道：

「再見，謝謝妳。」

10

各式各樣的光芒在警車的窗外向後流逝。街上行人都弓起背，顯得相當憂鬱。腳步卻頗爲急促，彷彿前方有什麼好事在等著自己。信二見一個個路人就這麼匆匆消失在夜色中，內心不禁充滿羨慕。明明是最熟悉的景色，不知爲何竟感到彌足珍貴。

「月色好明亮。」

信二呢喃。坐在隔壁的刑警似乎沒聽清楚他說什麼，只是朝他一瞥，旋即將視線移回前方。

——那晚的月色也很明亮。

一年前種種往事浮上信二的心頭。去年的這個時期與今年不同，天候異常寒冷，即使躲進了被窩裡也遲遲難以入眠。信二還記得自己縮在棉被內，一邊看著從窗簾縫隙透入的月光，一邊磨蹭著冰冷的腳掌。

當信二察覺有人走進自己房間時，麗子正掩上房門。信二吃一驚，仰起脖子想看清楚發生什麼事，麗子已來到枕邊。

麗子將頭探過來，一張臉就在信二的鼻尖前方。她帶著妖豔的眼神，在信二耳邊呢喃。信二已不記得她當時說什麼，卻清楚記得灼熱氣息噴在臉頰上的觸感。
麗子將手伸進棉被裡。手掌在被鋪間輕輕滑動，沒有任何迷惘，觸摸到信二的雙腿間。信二的反應，讓麗子滿意地發出嗤嗤竊笑。
麗子整個人鑽進了被窩裡。她的肉體冰涼卻柔軟。兩人的體重令床鋪發出吱嘎聲響。
那是信二第一次經驗。
但信二的感想並不像他人所說的「飄飄欲仙」或「如夢似幻」。那像是一場暴風雨。信二只感覺下體發疼且不住打顫。當這種感覺消失時，一切已經結束，麗子也下床了。
「別說出去喲。」
麗子扔下這句話就離開房間，只留下信二一臉茫然地看著麗子的背影。
——那就像一種簽約儀式。
信二事後如此認定。當時的信二非常討厭這個不知在哪裡勾搭上父親的新母親，一找到機會就反抗她，不曾眞正將她視爲母親。沒想到麗子卻勾引自己的新兒子。她認爲只要發生過一次關係，信二就無法再忤逆她。成熟女人的計謀竟然眞的奏效。信二開始對這個新母親產生一種類似憧憬的情愫。
就這麼過一年。
那天後，信二不曾再與麗子發生關係。麗子一來已懷有身孕，二來懂得利用各種花言巧語，總是能讓信二打消念頭。說穿了，就是把信二玩弄在股掌間。

在一個相當諷刺的偶然契機下，信二得知麗子背叛了父親。那個晚上父親出差在外，信二正想走進麗子的寢室，沒想到到房門口時，竟聽見裡頭傳出呻吟。信二將門拉開一道縫隙，目睹裡頭的景象。

得知麗子的偷腥行徑後，信二才驚覺她是惡魔般的女人。信二既想斬斷跟麗子的關係，卻又想再享受一次那雪白肌膚的擁抱。只要再一次就行了……若能再嚐一次那種滋味，自己一定能抗拒這股誘惑。

信二抱著這樣的想法，迎接那個夜晚的到來。

那天父親啓三原本預定要出差。信二從房間的窗戶窺望著父親及麗子的房間。今晚那男人不知道會不會來？信二打算若那個男人沒來，自己就偷偷溜進去。根據以往的經驗，那男人總在午夜兩點出現。

剛好就在兩點時，那男人出現了。他敏捷翻牆，穿越庭院。玻璃門似乎沒上鎖，男人輕而易舉地進入屋內。

信二不禁咂個嘴。那男人姓中西，信二知道他是個冷漠狡猾的傢伙。中西那對薄薄的嘴唇浮現在信二的腦海。

看來今天也只能放棄了……信二這麼想著，正要把窗簾掩上，卻突然停下動作。因爲信二看見那男人退回屋外，小心翼翼關上玻璃門，沿著原路回到圍牆邊，接著翻牆離開。

男人的舉動令信二有些納悶，但信二沒深思男人這麼做的理由。信二只當這是千載難逢的好機會，毫不遲疑地走出房間。

信二大可直接開門走進麗子的房間，但信二沒這麼做。信二決定模仿中西，自庭院偷偷潛入。信二認爲這麼做能向麗子暗示自己已經知道她的偷腥行徑，如此一來自己就能在心理上處於優勢。

信二從後門進入庭院，接著躡手躡腳地靠近玻璃門。那扇玻璃門果然應手而開，信二爬進去。嬰兒床上的小嬰兒正發出安祥的鼾聲。

摺疊門另一頭就是父親與麗子的寢室。信二正想拉開摺疊門，全身卻有如遭到電擊般動彈不得。

因爲信二聽見父親啓三的鼾聲。

——爸爸回來了！

信二頓時醒悟，這就是中西須落荒而逃的理由。

自己就跟中西一樣，必須打退堂鼓。

信二躡手躡腳地往後退，就在這個時候，嬰兒床上的小嬰兒發出細微的聲響。

——嘖！偏偏在這種時候！

信二惡狠狠地朝嬰兒床瞪一眼。小嬰兒醒過來。一看見小嬰兒的臉，信二霎時心中一突，頓時兩腿發軟。

——這是……我的孩子！

每個看見小嬰兒的人，都異口同聲地說他跟信二長得好像，不愧是兄弟。但仔細一瞧會發現相似部分並非來自父親啓三，而是來自信二的親生母親。

信二與小嬰兒在黑暗中互相對望。就在這個瞬間，信二彷彿看見自己的未來，以及小嬰兒的未來。自己這一輩子將無法擺脫這個嬰兒的束縛。即便未來難以預測，這卻是唯一可以肯定的事。那宛如洋娃娃般的嬌小雙手將會揪住自己的腳踝，令自己永遠難以掙脫。

下一秒鐘，更加狂暴的情緒在信二心中萌生。

因爲小嬰兒竟在黑暗中笑起來。

小嬰兒對著信二露出笑容。那是一種對眼前少年感到無比安心的笑容，也是一種將少年逼上絕路的笑容。

信二感覺心中彷彿有種巨大的物體正在崩潰。就好像慢動作播放，靜悄悄逐漸瓦解。信二肯定自己心中出現殺意。當信二以冰冷的手掌握住小嬰兒的頸子時，那溫暖柔軟的觸感更刺激信二的大腦。最讓信二吃驚的一點，是即使到這個時候，小嬰兒臉上依然帶著笑容。

小嬰兒發出「咕」一聲輕喊。那是這小小生命在世上最後一次發出聲音。信二放開雙手，冷靜環顧四周。

必須僞裝成家裡有人闖入才行……信二滿腦子只有這個想法。於是信二將家具所有抽屜都拉開，過程謹慎，不發出半點聲響。接著信二取來一塊布，把自己摸過的所有地方都擦拭一遍。

這些都做完後，信二匆匆回到了自己的房間。直到早上隱約聽見麗子的尖叫聲，信二才踏出房門。在這段時間，信二完全無法闔眼，有種苦苦等待數十個小時的錯覺。

警察剛開始完全沒懷疑信二。接到電話後趕來的永井弘美也不例外。信二紅腫的雙眼，並沒有引起大家注意。

信二在警車內不知不覺睡著了。他已經很久沒睡得這麼熟了。他的手腕向外伸出，一旁的刑警抓起那手腕，放回他的膝蓋上。甚至連刑警也不知道，那雙手同時殺了自己的兒子及弟弟……

舞孃

1

每個星期三傍晚六點到八點，是孝志上英語補習班的時間。從補習班走回家，大約花二十分鐘。因此照理來說，孝志最晚應該在八點半前回到家。但最近孝志回到家的時間往往比八點半還要晚十分鐘左右。這天不例外，孝志回家時已過八點四十分。

「怎麼了？最近爲什麼比較晚？」母親良子看著牆上的時鐘問。

「嗯……」孝志走上樓梯，頭也不回地說道：「上國二後，功課比較難，有些同學會一直問問題，所以下課時間比較晚。」

「噢……是遠藤嗎？」

良子說出一個同學的名字。那個同學常與孝志競爭第一名寶座。

「嗯。」

「原來是這樣……看來你也得多加點油才行。」

母親的態度從質疑變成鼓舞。事實上孝志只是回家時間稍微一點，母親原本就不怎麼擔心。母親心裡認爲兒子在補習班待久一點，多學一點東西也不是壞事。孝志背對著加油打氣的母親，邁步走上樓梯。

回到自己房間後，孝志將書包擱在桌上，整個人往床上倒下。天花板上貼著他最喜歡的偶像明星照片，以及動畫電影的海報。這些都是他費盡千辛萬苦才得到的寶物。但如今孝志的眼中，卻已看不見這些寶物。

體內依然殘留著輕微的興奮。這是每個星期三的常態。

補習班晚下課當然只是藉口。其實孝志跑到其它地方了。但眞相實在太難以啓齒，孝志只好撒謊。

前往補習班的路上，會經過一所名為「S學園」的女子高中，這是孝志早就知道的事。那是一所相當有名的私立高中，孝志就讀的國中每年都有數名成績優秀的女學生進入S學園就讀。由於S學園是天主教學校，校規非常嚴格，因此也是有名的「千金小姐學校」。被混凝土圍牆包圍的校舍都是紅磚建築，月光照耀下隱約可見的時鐘塔更是一看就知道年代久遠。光是學校的建築物，就在在訴說著悠久歷史。可惜在孝志路過S學園門口的時候，早已過了放學時間，因此沒有辦法看見該校的女學生。

然而就某個星期三的夜晚，孝志看見那個女生。

那天孝志就跟往常一樣通過S學園旁，朝著家的方向快步前進。這一帶由於道路陰暗，行人不多，自從孝志開始上補習班後，母親便再三提醒要多小心。長久下來的習慣讓孝志加快腳步。

驀然間，校園裡傳出了鋼琴聲，令孝志不禁停下腳步。由於母親良子從前曾是鋼琴教師，孝志每次聽到鋼琴聲總會感到懷念又溫暖。

——怎麼會有人在這種時間彈鋼琴？

孝志望著校舍的方向，再度緩緩邁開步伐。除了對鋼琴聲感興趣，孝志也很想知道是什麼樣的女學生會在學校留到這麼晚。

一會後，孝志發現圍牆途中有一扇木製的推拉門，似乎是圍牆後門。不僅如此，門板開一道小縫。在今天前，孝志甚至不曾察覺那裡有一扇木門。

孝志往左右張望兩眼，確定周圍沒人後，帶著一顆七上八下的心推開那扇木門。門上雖然有鎖，但已損壞，根本無法鎖上。孝志探頭往門內一看，首先映入眼簾的是一排透出燈光的窗戶。前方建築占地廣大但樓層不高，有著許多窗戶，看起來應該是體育館。

鋼琴旋律依然不斷流出。孝志簡直像受到了誘惑，一腳踏進了門內。平常的孝志絕對不會有做這種事的勇氣，今天不知為何沒絲毫遲疑。

體育館內似乎只有一部分區域開著燈，每扇窗戶透出的燈光亮度並不相同。孝志放眼望去，挑一扇較暗的窗戶悄悄走近。沒靠近最亮的窗戶，是因為怕裡頭的人察覺。

到窗戶底下時，除了琴聲外還聽見腳步聲。孝志慢慢將臉湊向玻璃，一名少女正在裡頭跳舞。少女手中拿著一條長長的彩帶，那彩帶宛如有生命，在半空中激烈地翻飛舞動。

——韻律體操……

近來電視上經常有韻律體操的表演，孝志也曾看過，知道這是一種以棍棒、球等道具進行表演的體操項目。但這還是孝志第一次親眼目睹。

少女的打扮並非像電視上的表演那樣身穿緊身衣，而是穿著牛仔褲及T恤，一頭長髮也是簡單地綁了馬尾。但不僅身材勻稱，動作就像她手中的彩帶一樣流暢而矯捷。

鋼琴聲一停，少女也立即停止動作。她走向距離孝志所站地點較遠的另一扇窗邊，操作起放置在那裡的一臺卡式錄放音機。原來鋼琴聲就是從那個機器放出來的。不一會，又響起相同旋律、相同音量的鋼琴聲。蹲在地上操作機器的少女喜孜孜地站起來。

就在這個瞬間，孝志清楚地看見少女的長相。

少女有著白皙透亮的肌膚，膚質滑嫩緊緻，臉頰微微反射著螢光燈的光芒，令孝志不禁聯想到陶瓷人偶。但少女並沒有因此而給人冰冷的印象。在淡粉紅色的雙唇間，隱約可見比肌膚更雪白的牙齒。從孝志所站的位置，能夠清楚看到汗滴從額頭滑落至頸部。紅色T恤也有不少部位被汗水濡濕，呈現較濃的顏色。

少女再度跳起體操，在孝志面前奔放舞動。

孝志心中的感動，有點類似第一次聽到美麗音樂。每當孝志聽見動人的旋律時，即便那曲子是有生以來第一次聽見，孝志還是會陷入一種從前在哪裡聽過的錯覺。或許那是因爲體內某種本能受到刺激。如今眼前的少女舞蹈，帶給孝志相同的感受。這樣的景色好像似曾相識……不，或許應該說那少女好像似曾相識。

孝志有很長一段時間看得渾然忘我，甚至已將偷偷溜進女子高中的緊張感拋諸腦後。直到校園前方道路響起一陣機車通過聲，孝志才回過神。一看時間，已過十五分鐘。

隔天的相同時刻，孝志胡亂找個理由出門，來到女子高中附近。就跟昨天一樣，孝志繞到圍牆的後門，但沒聽見鋼琴聲，體育館也沒透出燈光。

又隔了一天，孝志再度前往女校，同樣沒看見少女。孝志第二次看見那名少女，已是隔週的星期三，當時孝志正離開補習班要回家。孝志得到一個結論，那就是每個星期三是少女的練習日。

就這樣，孝志有一個無人知曉的樂趣。

孝志不斷說服自己，這不算是壞事。自己只是觀摩女高中生練習韻律體操而已，何況每次只有短短十分鐘。但每次想到這事，孝志總是迫不及待地希望星期三趕快到來，上補習班也不再是件痛苦的事。

2

孝志的父親是綜合貿易公司的部長，雖是主管階級，但向來喜歡親力親爲，因此平日極少在家。照顧獨生子孝志的工作，全落在母親良子身上。良子或許是認爲自己責任重大，對孝志的教育幾乎到神經質的地步。除了星期三的英語補習班外，孝志還得上理科及社會科的補習班。丈夫指示良子對孝志的教育不管花多少錢都不要吝嗇，孝志總乖乖接受母親良子的安排，不曾反抗。或者應該說，不懂得如何反抗。

每到星期五，就會有家庭教師到家裡來教數學。那是個就讀私立Y大的男學生，姓黑田，打從孝志升上國中一年級時就開始擔任孝志的家庭教師。黑田有著一身晒得黝黑的皮膚，口頭禪是會念書也要會玩。聽說他在大學參加泛舟社，或許因爲這個緣故，不僅手臂粗壯且肩膀寬厚。夏天的時候，黑田總穿著充滿汗臭味的汗衫來到孝志的家，手上還拎著一個老舊的運動提包。國中二年級的數學教科書全都被他塞在那個運動提包裡。那運動提包上貼滿稀奇古怪的貼紙，其中一張還以簽字筆寫著「KIYOMI」。

「……在聽。」

孝志聽到黑田的說話聲，驀然回過神，發現眼前是一片空白的筆記本，自己的手上握著自動鉛筆，似乎原本正要寫字。黑田看著孝志的臉，重複剛剛的話。

「看來你完全沒在聽。」

孝志慌忙搖頭道：「沒那回事。」

「不用騙我。」黑田看著他的眼睛道：「我一看你的臉就知道你什麼也沒聽進去。」

「……對不起。」

孝志垂首道歉。

「沒關係，不過你剛剛在想什麼？」

「……」

「你剛剛好像在看這個？」黑田將自己的提包拿到孝志面前。「這個髒兮兮的提包哪一點引起你的興趣？」

「沒什麼……」

孝志嘴上雖這麼說，視線卻不禁望向某一點。眼尖的黑田登時看穿道：

「你在看這個？」

黑田指著提包上的「KIYOMI」字樣。孝志沒有否認，黑田露出戲謔的笑容道：

「這是我前女友的名字。你會對這個感興趣，看來終於進入青春期了。你剛剛心不在焉，是不是在想著意中人？」

「不是那麼回事，你誤會了。」

「不然是怎麼回事？」

「……」

孝志一時拿不定主意，不知隨口敷衍還是據實以告。畢竟像這樣的煩惱，根本找不到其他人可以商量。

「你不說就算了，那我們來上課吧。」黑田說道。

孝志一聽急忙喊一句「等等」。黑田默默凝視著孝志。孝志略一遲疑，終於小聲問：

「要向從來沒說過話的人搭話，該怎麼做比較好？」

黑田似乎沒料到孝志會問這種問題，張著口發一會愣，接著才笑出來道：

「原來眞的是在煩惱女孩子的事。」

「不是！不是！」孝志連連揮手，自己也感覺得出來整張臉及脖子都脹得通紅。「老師，不是你想的那樣。那個女生跟我完全不認識，我只是單方面知道有她這個人，而且我連她的名字也不知道……我只是想跟她說說話，除此之外別無所求。」

孝志鼓起勇氣，將韻律體操少女的事情說了出來，但沒說出自己總是在每個星期三從補習班回家時偷看少女練習。

黑田默默聽著，臉上不再帶有窺探他人隱私的賊兮兮笑容。孝志說完，黑田讓他放鬆心情，故意調侃一句「原來你喜歡大姊姊」。

「這樣是不是不太好？」

孝志把黑田的玩笑話當眞。

「沒那回事，我認爲這樣很好，我早就期待你有這麼一天。整個國中時期若只顧著念書，實在太可惜了。」

「那我該怎麼做？」孝志一臉認眞地問。

「不用想得太複雜。等她練習結束，走出校門的時候，上前跟她搭話就行了。既然她是韻律體操選手，那就更簡單了。你拿一張簽名板，跟她說你是她的仰慕者，希望得到她的簽名。女人最喜歡被當成巨星看待，你只要這麼做，她一定對你另眼相看。」

「我明白了，還有什麼要注意的？」

「唔，你可以對她說一句鼓勵的話，例如請加油之類。運動選手最喜歡聽別人爲自己打氣了。」

「原來如此……鼓勵的話……」孝志思考著該對那個少女說出什麼鼓勵字眼。「我明白了，我會試試看。」

「加油。」

「老師，你也用這招騙過女孩子？」

黑田擠擠眼睛，笑著道：

「不，我是被騙的那個。」

3

隔週的星期三。

孝志補習班結束後，一如往常沒有直接回家，走進了S學園的後門。今天也傳出鋼琴聲。曲子大多相同，但偶而會有些變化。今天的曲子跟當初第一次聽到時一樣。

進入圍牆後，孝志對接下來的動作駕輕就熟。經由相同的路線，走向相同的窗戶。孝志認為這扇窗戶不僅可以將少女看得很清楚，而且不容易被少女發現。

體育館內的少女大汗淋漓。鮮紅色的T恤今天也在空間中縱情翻舞。孝志彷彿聽見少女那急促的呼吸聲。

——鼓勵的話……

孝志看著手中的白色袋子，暗想老師可真是給個好建議。白色袋子裡放著兩罐剛剛在路旁的自動販賣機買的運動飲料，以及一枚今天在補習班上文法課時寫的小紙片。紙片上頭寫著「我是妳的仰慕者，常看妳練習韻律體操」。

孝志站在窗邊欣賞一會少女的練習後，沿著牆壁繞向體育館正門口。跟剛剛的窗邊比起來，正門口可說暗得伸手不見五指。孝志確認周圍一個人都沒有後走上前，將裝著運動飲料的袋子放在門口，接著快步沿著原路往回走。明明只是簡單的動作，卻讓孝志全身冷汗直流。

——成功了！

當少女練習結束，要回家時一定會發現那個袋子，並且拿起裡頭的小紙片看。雖然這無法讓少女知道仰慕者的身分，但沒關係。只要每個星期都來送運動飲料，一定能引起少女的好奇心。總有一天，少女一定會躲起來偷看仰慕者的廬山眞面目。一想到這天遲早到來，孝志便雀躍不已。

到下一個星期三，孝志同樣放運動飲料。或許少女並沒預料到仰慕者今天也會來。她跟上星期一樣練得非常專注，眼中彷彿看不見任何事物。

又過一個星期，孝志同樣抱著一絲期望躡手躡腳地靠近圍牆後門。孝志暗自幻想少女正躲在門邊等自己出現。但這個期望落空，圍牆的對面一如往常傳出鋼琴聲，少女一如往常在體育館內舞動著身體。

——連續送三星期，她一定會開始在意吧。

孝志一邊告訴自己「下星期一定能成功」，一邊故意將裝著運動飲料的袋子重重擱在地上。心裡期待這個聲音能引起她的注意，可惜事實再次證明自己太天眞。

又到下一個星期三……

「咦？今天怎麼比較早？」

母親良子看著孝志問道。其實在數星期前，孝志每個星期三都在這個時間回到家，但由於這幾個星期孝志回家時間都較晚，母親反而視之常態。

「你手上拿著什麼？」

良子看見兒子手上拎著一個白色袋子。

「這個……是我在路上買的運動飲料。」

「爲什麼要買運動飲料？」

「還能有什麼原因……當然是想喝。」

「家裡不是有果汁嗎？」

「我就是想喝運動飲料。」

孝志臭著臉將袋子放在廚房餐桌上，轉身奔上二樓。

進入自己的房間後，孝志就像前幾次的星期三一樣，整個人癱倒在床上。不同的是過去這個時候心中會浮現少女那躍動的肉體、晶瑩透亮的肌膚，以及飛散的汗滴，但今天內心空無一物。

——爲什麼她今天沒出現？

走進圍牆後門，卻發現體育館內沒透出燈光。那一刻，孝志的心中便不斷重複這個疑問。少女沒出現，當然也沒鋼琴聲，整座體育館一片死寂。

孝志心中的第一個念頭，是自己弄巧成拙了。全因爲自己做了那種事，讓少女心生恐懼，所以她中止每個星期三的練習。但孝志轉念一想，少女練習時的神情看起來在韻律體操上投注很大的心血，實在不太可能因這種小事放棄。更何況孝志實在不認爲自己的行爲足以引起少女如此強烈的反感。

——下星期再去一次看看吧。

孝志在床上坐起身子，內心暗自下這樣的決定。沒錯，現在斷定她放棄練習還言之過早。或許她今天剛好身體不舒服或臨時有事，所以無法練習韻律體操。對了，黑田老師說過S學園是千金小姐學校，或許少女家裡今天晚上要舉辦宴會，或是有其它活動。沒錯，一定是這樣。

孝志說服自己，心中對下星期三的期待逐漸高漲。

但到下一個星期三，體育館裡同樣一片黑茫。

就跟上個星期一樣，孝志只能將運動飲料帶回家。母親良子已開始感到不對勁，但還沒開口詢問，孝志已躲進房間。

「你怎麼看起來要死不活的？」

黑田碩大的手掌拍拍孝志的背，接著道：「難道被甩了？」

孝志沒有應話，只是重重嘆口氣。黑田頓時明白一切笑著道：

「想打全壘打就不要怕揮棒落空；想交女朋友就不要怕告白失敗。來，說說看。她怎麼拒絕你？」

孝志又嘆口氣說：「要是她拒絕我，我心裡還好過一些。」

「看來病情嚴重，到底發生什麼事？」

孝志終於決定將星期三的祕密一五一十地全告訴黑田。這些事一直憋在心裡，早就想找人一吐苦水。

「你這一招挺不錯呀。」

黑田聽完後，首先稱讚孝志的行動力。

「但可能讓她不舒服了。」孝志惴惴不安地說道。

「放心吧。」黑田想也不想地道：「有些女生確實可能會因這種事而感到不舒服，但應該還不到想躲起來的程度。任何人得知有人對自己感興趣，都會想要查出那個人的身分，這是天性。我想她沒來練習，一定有其它理由。」

「什麼樣的理由?」

「這種事情多想也沒用，下星期再去一次看看吧。」

黑田拍著孝志的肩膀說道。

但到下個星期，孝志依然沒看見那名少女。下一星期，再下一星期，孝志都前往體育館，卻依然得到相同結果。只要閉起雙眼，少女舞動的景象便清晰浮現在眼前，但睜開雙眼，眼前的體育館卻總伸手不見五指。

孝志再一次看見那少女，是在秋天進入尾聲，行道樹葉子開始凋落的時期。

4

孝志看見照片裡的少女。當時他到補習班認識的朋友家玩，朋友拿相簿給他看，其中一枚照片裡赫然有那名少女。孝志猛盯著照片瞧，感覺血液全衝上大腦。那細細長長的眼睛，形狀姣好的雙唇……沒錯，就是她。照片裡的少女穿水手服，與其他學生一同入鏡。在這張人數眾多的班級團體照裡，孝志一眼就認出那名少女。

朋友見孝志目不轉睛地看著照片，一臉狐疑地說道：

「這是我姊姊的照片，不小心放到我這裡來了。」
「你姊姊……她是幾年級？」
孝志想裝得若無其事，語氣中卻流露出焦急。
「她現在高中一年級，這張好像是她國中三年級時拍的照片。」
孝志心想，這麼說來那名少女是S學園的一年級學生。
「這張照片有什麼問題嗎？」
「沒什麼，我只是看到一個認識的人……你姊姊現在在家嗎？」
「不在……不然我拿姊姊的畢業紀念冊給你看好了。那上頭的照片比較大。」
朋友說著便站起來。

到星期五，黑田一如往昔到家裡，孝志迫不及待地說出這個好消息。
「運氣眞好。」黑田說道。「知道那個女生的地址了？」
「算是知道了……但我只瞥一眼，不知道記憶正不正確。」
畢竟當時朋友在場，總不能拿筆抄下畢業紀念冊上的地址。
黑田看一眼孝志憑印象寫下的地址道：
「啊，這離我家很近。」

「我是不是該寫封信給她？」

「你別衝動，得確認對方狀況才行。別的不說，至少得知道她為什麼不來練習。」

「但要怎麼確認？」

「交給我。她家離我家很近，何況最近泛舟比賽剛結束，我正閒得發慌。」

「可是……」

「怎麼，你不信任我？」

「我怕老師也喜歡上她。」

黑田瞪大眼睛，一時啞口無言。接著搖頭苦笑道：

「我眞是敗給你了。」

5

隔天星期六，黑田花費比預期更多的時間才找到少女家。由於少女就讀S學園，黑田先入為主地認為她家一定在高級住宅區，但依著地址找，卻發現那一帶大多是公寓及出租房間，完全不像有錢人該住的地方。黑田在那附近來來回回走好幾次，還向人問路，才找到紙上寫的地址。

——孝志的「舞孃」真的住在這種地方？

黑田站在家門口，內心充滿疑惑。那地址是長屋(*1)裡其中一間。裝著木框玻璃門的滑動溝槽都歪了，要把門打開或關上恐怕都相當困難。面向道路的屋頂瓦片缺好幾枚，看上去簡直像蛀牙。家門口或許常燒柴火，到處是黑色煤灰。一個就讀S學園的美少女，實在不太可能住在像這樣的地方。

黑田橫越路面坑坑疤疤的巷道，進入對面一家香菸店。店內坐著一個滿臉黑斑的老婆婆，膝上蓋一條毛毯，正在打瞌睡。

黑田將老婆婆喚醒，買一包七星牌香菸，隨口問一句對面那戶人家做什麼的。老婆婆似乎還沒完全清醒，眨著惺忪的雙眼道：

「前陣子好像在收破爛，現在就不清楚了。」

「女主人沒在工作？」

「聽說身體不好，只能做些家庭代工……你是徵信社的人？」

老婆婆一臉疑竇地仰頭看著黑田。

「算是……」黑田隨口搪塞。「他們家不是有個女兒嗎？」

黑田接著說出孝志查到的少女名字，老婆婆想一下，嘆口氣說道：

「噢，你說她呀，眞是個可憐的孩子，竟然有那樣的遭遇。」

黑田心中納悶問：

「什麼樣的遭遇？」

老婆婆將身體湊過來，低聲道：

「原來你不知道？那家的女兒三個月前自殺了。」

「自殺？」

黑田大吃一驚，彷彿被人從胸口內側踢一腳。三個月前正好是孝志發現她不再練習韻律體操的時期。

「從附近車站前的大樓跳下來。我沒親眼看見，但聽說死狀很慘。」

「爲什麼自殺？」

「這我也不清楚。這年頭流行自殺，搞不好沒什麼理由。」

「噢……」

黑田已開始煩惱，這件事不知該如何對孝志啓齒。孝志日夜掛念著那個少女，要是知道這件事，不知有多難過。乾脆跟他說沒找到少女的家，瞞過一陣子好了……

＊1　長屋是一種日本傳統的集團式住宅，由長方型屋舍分隔成數間，左鄰右舍牆壁相連，多見於中下階層地區。

「她不是才高中一年級嗎？怎麼樣也不該急著尋死吧？」黑田問道。

「高中？」

老婆婆一臉狐疑地看著黑田，接著恍然大悟道：「以年紀來看或許該上高中了。」

「什麼年紀不年紀……她不就是高中生嗎？」

老婆婆露出泛黃的牙齒笑著道：

「她家哪有錢供她上高中，國中一畢業就開始工作了。」

黑田來到一家名爲「北京飯店」的中華料理餐廳。根據香菸店老婆婆提供的消息，少女國中畢業後便在這家餐廳工作。這家餐廳位在車站後頭宛如迷宮般複雜的暗巷中。店內有五張沾滿油漬的桌子，吧檯上堆著好幾本漫畫。這時下午四點多，還不到用餐時間，因此客人只有黑田一人。

負責爲黑田點餐的是身材嬌小的女店員。臉上濃妝豔抹，難以判斷年紀，但從頭部皮膚來看，應該只有二十歲左右。女店員將黑田點的餐告知吧檯內的男店員後，便自顧自地坐在吧檯旁的椅子讀起女性週刊雜誌。

黑田起身走到吧檯邊，假裝要挑選漫畫。看來看去全是些老舊的漫畫雜誌。黑田隨便拿起一本，轉頭對女店員道：「之前你們店裡不是有個更年輕的女孩子嗎？」那女店員愣一下，一時沒意會黑田在跟自己說話。
黑田說出少女的名字，女店員那冷漠的表情才多少產生變化。
「你認識她？」女店員問。
「稱不上認識，聽說她在這裡工作。」
「她死了。」
「這我知道，聽說自殺？」
「那女孩子很陰沉，整天愁眉苦臉。我聽說她自殺時，一點也不驚訝。」
「她在這裡都做些什麼工作？」
女店員以下巴比了比吧檯內道：
「洗碗啊。她那副死氣沉沉的模樣，可不能讓她招呼客人。」
黑田想，妳板著一張臉也沒好到哪裡。
「妳知道她爲什麼會自殺嗎？」
女店員哼一聲道：
「我不是跟你說了嗎？那丫頭一看就是會自殺的人，誰知道她心裡在想什麼。」
就在這時，男店員做好黑田點的煎餃跟炒飯，女店員以熟稔的動作將兩枚盤子端到黑田桌上。

「她的興趣什麼的，妳也不清楚嗎？」

「興趣？誰知道啊。」

「例如跳舞之類。」

女店員彎起紅色雙唇笑著：「她哪可能有這種時髦的興趣。」

但女店員說完後似乎想起什麼往事，咕噥道：「對了……」

「想到什麼嗎？」黑田問。

「不是什麼大不了的事……我只是想到她很愛看電視上的韻律體操，常看得入神而忘了工作，好幾次因此挨罵。」

「噢……？」

黑田問到這裡就沒再繼續追問。一來店裡來了其他客人，二來女店員似乎已把知道的事情都說完了。走出店外時，黑田又轉頭看一眼招牌，上頭寫著「每週三公休」。

6

下一個星期五，黑田一走進房間，孝志旋即滿臉興奮地問：

「怎麼樣？見到那個女生了嗎？」

「唔……沒見到。」

「為什麼？沒找到她家？」

「找是找到了，但她不在家。」

黑田心想，這也不算說謊，她確實已不在家裡。

「噢……」

孝志整個人像洩氣的皮球，但表情依舊懷抱希望，這更讓黑田難以說出眞相。

「但你看過她家，對吧？」

「嗯……是啊。」

「她家長什麼樣子？是不是很大？」

「唔……倒也沒想像中那麼大，就是間很普通的房子。」

「跟我家比起來，哪邊比較大？」

「呃……跟這個家嗎……」黑田結結巴巴地道：「或許差不多吧。」

「噢，差不多嗎。」

孝志仰頭看著半空，雙眸綻放著光芒，似乎正在想像著少女的家長什麼樣子。黑田忍不住別過頭。

「我這星期也去看過了。」孝志說道。

黑田愣一下，問道：「去哪裡看過了？」

「體育館啊，不然還會是哪裡。」

「啊，嗯……」黑田搓搓臉頰說：「是啊，不然還會是哪裡。結果呢？看到她了嗎？」

黑田抱著一肚子的自責與心虛問。

「還是沒見到。」孝志搖搖頭。「她會不會已經決定不在晚上練習了？」

「這個嘛……也不是不可能。」

「但我已經下定決心，補習班下課都會去看看。誰知道她會不會又開始練習，對吧？」

「嗯，對呀。」

這天晚上黑田終究沒說出眞相。

隔天，黑田與女性朋友約在咖啡廳見面。那女性朋友叫江理子，與黑田就讀相同學系。黑田昨晚查學生通訊錄，得知江理子也是S學園的畢業生。江理子突然被黑田約出來見面，心裡有些錯愕，但黑田拍胸脯保證吃什麼都可以，江理子二話不說便答應了。

「S學園的韻律體操社？我一個也不認識。」

江理子一邊吃巧克力百匯一邊冷言冷語。

「妳只要幫我叫出來就行了，剩下的我自己會處理。」

「你想做什麼？該不會想打女高中生的歪主意吧？」

「不是啦，我有正當理由。拜託妳了，我請妳吃牛排。」

「眞麻煩。」

江理子咕噥一聲，吃完百匯後起身道：「那就走吧。」

星期六的下午，只有參加社團活動的學生還留在學校。黑田站在S學園的校門口，愣愣地看著操場上跑跑跳跳的女學生。兩人約好了，江理子會進去把韻律體操社的社員帶出來。

——那女孩一定也曾看著這副景象……

這些女學生的生活如此多采多姿。黑田看在眼裡，不禁想著那個自殺的少女。當她看著這一幕時，內心一定詛咒著自己爲何出生在窮困家庭，且對這些人生際遇與自己完全不同的女學生們抱持敵意。她在夜裡溜進S學園體育館裡跳韻律體操，或許也是宣洩心中的怨氣。對她而言，那段舞動的時間就是她的全部青春。唯有在那段時間裡，她才是女主角。

既然如此，爲什麼她捨棄這段寶貴的時間？爲什麼自殺？這是黑田唯一的疑問。

好一會，江理子走回來，身後跟著一名女學生。那女學生留著一頭短髮，簡直像個少年，但膚色看起來並不常晒太陽，緊閉的雙唇流露出不肯服輸的傲氣。

「我很遺憾，找不到韻律體操社的人。」江理子劈頭便以處理例行公事般的口吻說：「她是體操社的，應該沒差吧？」

「咦？怎麼會一個都找不到？」

「星期六的體育館是體操社跟韻律體操社輪流使用。」體操社的女學生解釋。

原來體育館有這樣的規定。

「沒差啦，反正還不都一樣。」江理子說得滿不在乎。

「若是我知道的事，我會盡量回答。」體操社的女學生倒很期待黑田發問。

——也罷，反正死馬當活馬醫……

黑田於是問：

「大約三個月前，有個女孩子每星期三都來妳們學校的體育館練習韻律體操，妳知道這件事嗎？聽說那個女孩子不是妳們學校的學生……」

黑田說到這裡，感覺自己好像在講鬼故事，不禁擔心對方心生恐懼。

沒想到體操社的女學生竟然猛點頭，興沖沖地道：「原來你想問那起事件？」

「妳知道？」黑田有些驚訝。

「當然，週三舞孃事件可很有名。」

「事件？」

對方連續兩句話都使用事件這種字眼，不禁令黑田心生疑竇。

「聽說每到星期三，那個女孩子就會偷偷溜進體育館，裝模作樣地跳起韻律體操。原本一直沒人發現，但有一天晚上，幾個韻律體操社的社員躲起來偷看，發現那個女孩子擅自拿她們的體操道具出來玩，就把她抓起來好好教訓一頓。韻律體操社那些女生都很小心眼，女孩子被逮住也只能自認倒楣。」

黑田心想，從她這酸言酸語聽來，體操社跟韻律體操社之間多半有嫌隙。

「教訓一頓……是怎麼個教訓法？」

「詳情我也不清楚，聽說是要那女孩子跪著把她摸過的道具都擦拭乾淨之類，總之把她整得很慘。」

「……原來如此。」

黑田不由得心情沉重。那女孩子選擇以自殺結束生命，或許正是因為這種事。不僅生命中最寶貴的時間遭到剝奪，還在那些自己最厭惡的S學園女學生面前受盡屈辱。任何人遇上類似狀況，或許都會有輕生的念頭。

「話說回來，韻律體操社的社員怎麼會埋伏起來等那女孩？妳剛剛不是說，一直沒有人發現嗎？」黑田問道。

體操社的女學生輕描淡寫地說出答案。

「大概忙著念書吧。」孝志自顧自地點著頭，如此說服自己。「雖然晚上也想練習自己最喜愛的韻律體操，但高中課業比國中難得多，因此她須專心念書一陣子。沒錯，多半是這樣。我想她一定有很嘮叨的母親，要她在成績恢復水準前不准練習韻律體操。」

即將邁入新的一年，孝志還是沒忘了他的「舞孃」。黑田從不主動提起這個話題，但兩人一見上面，孝志總會說上幾句關於那女孩的事。有時孝志會問黑田該不該「寫信」或「到她家拜訪」，黑田只能以「突然這麼做會嚇到她，最好再觀望」來拖延孝志。

「也對，何況最近天氣很冷，還是該等過完年，氣溫回暖後再說。黑田老師，你也是這麼認爲吧？」孝志說道。

「對呀……」

黑田心虛附和，暗自煩惱這樣的對話不知還要持續幾次。只要說出眞相，一切就會結束，但這對孝志實在太殘酷。

每當聽著孝志興高采烈地聊起那女孩，黑田心中就會浮現體操社女學生的那段話。當時黑田問她，韻律體操社的社員怎麼會發現「週三舞孃」的存在，她是這麼回答的……

「聽說前陣子每到星期四早上，就會有人發現體育館門口擺著運動飲料及寫給韻律體操社的小紙條。韻律體操社那些女生沒人知道這些東西誰放的，大家猜想一定是有人在前一天晚上就偷偷放在體育館門口了。她們想找出放運動飲料的人，才會埋伏在體育館裡，沒想到碰巧看見那個女孩子溜進來胡鬧。運動飲料跟女孩子一點關係也沒有，只能說她運氣太差。聽說她每次都是從後門進出體育館，不曾察覺放在正門口的那袋運動飲料。」

這就是整件事的肇因。

孝志只要知道這件事，想必能永遠拋開對那女孩的幻想。

但黑田實在沒勇氣告訴孝志，「舞孃」已經被你殺死了……

無盡之夜

1

電話鈴聲響起時，厚子還躺在床上。一看時間已經九點多。這個陶製的桌上型時鐘是從前到歐洲蜜月旅行時買的紀念品。

厚子看著那時鐘發楞一、兩秒，驀然回過神，起身穿上長袍走出寢室。或許因爲身體正在發熱，手掌拿起話筒時的冰涼觸感令厚子相當舒服。

「喂……」厚子以沙啞的聲音道。

「啊，喂？請問是田村先生的府上嗎？」

電話另一頭人問。嗓音雖粗，但咬字清晰。

依腔調聽來對方應該是大阪人。厚子心中迅速判斷。

「對……」

「妳是田村先生的太太嗎？」

「對……」

電話另一頭的人沉默極短暫的時間，似乎正要說一件難以啓齒的事。接著對方吸口氣，以刻意壓抑感情的聲音道：

「我這裡是大阪府警。」

「……」

「妳的丈夫田村洋一被人以短刀刺死了。」

「咦……？」

「如果方便，請妳立刻到大阪來一趟……喂，田村太太！妳聽得見嗎？」

2

掛斷電話兩小時後，厚子已坐在新幹線列車的第二節車廂裡。只要搭乘新幹線，厚子一定挑禁菸車廂，一來不想吸他人的二手菸，二來不希望香菸的臭味附著在身上。

厚子想起出門前忘記噴香水，趕緊從提包中取出香水瓶，在脖子噴了兩下。法國品牌的香水是洋一最喜歡的味道。接著厚子取出小鏡子，檢查起臉上的妝。刑警正在新大阪車站等著自己，可不能被他們發現自己已經哭得眼眶紅腫。

——老公……

厚子看著車窗外不斷流逝的景色，在心中默喊。以淡綠色的田園景色爲背景，洋一那深邃的五官浮現在厚子的眼前。

厚子與洋一在四年前秋天結婚。兩人在相戀後步上紅毯。當時洋一在澀谷某流行服飾大樓上班，經營者是洋一的哥哥一彥。洋一二十多歲年紀，便已擁有部長頭銜。

兩人一結婚，便在東京都內買了一間三房的公寓。每天早上送洋一出門上班後，厚子也出門前往西式縫紉學校。打從結婚前，厚子便是該學校的講師。放假的日子，厚子總跟朋友一起跳有氧舞蹈、上文化課程，或是到街上購物。厚子的朋友大多是就讀女子大學時的同學，或是早期當上班族時的同事，這些朋友絕大部分都住在離東京都心非常遠的地區，因此厚子的際遇令她們羨慕得不得了。

然而約一年前，事態有了變化。平日極少飲酒的洋一竟然醉醺醺回來，看起來非常開心。厚子問他為什麼喝酒，他的回答是「慶祝」。

「慶祝什麼？」

「今天我跟哥哥們談過了，他們說要把大阪分店交給我全權負責。」

大阪分店是即將設立的新分店，預計在半年後開幕。洋一的哥哥們似乎打算把這間分店交給洋一經營。

「咦？新分店本來不是說要由宏明哥經營嗎？」

宏明是洋一的二哥。

「他讓給我，叫我放手一搏。他還說大阪是商業之都，這對我會是很好的磨練。」洋一喜形於色。以前到現在，洋一都是哥哥們的屬下，經常抱怨沒有機會測試自己的經商才能。如今得到這樣的機會，洋一興奮得不得了。

但厚子強烈反對搬家至大阪。

畢竟現在的家是好不容易才得到的棲身之所。一來東京住起來舒適便利，二來厚子認爲只要熟悉東京環境，就算對其它土地一無所知，在其他人面前也絲毫不丟臉。厚子無論如何都不想離開東京。

——更何況是搬到大阪！

厚子對大阪的印象很差，認爲大阪人每人都貪財勢利且低俗。而且厚子很討厭關西腔。最近電視常出現大阪的搞笑藝人，厚子實在不明白到底哪裡好笑。一旦去大阪，就必須每天與那樣的人、那樣的說話腔調爲伍，當然沒辦法再到新宿、銀座及六本木逛街。

「拜託你拒絕。」厚子懇求丈夫。「現在的日子過得很好，何必當什麼經營者。我可不想搬到大阪，你快拒絕。」

洋一滿臉不耐煩地道：

「妳怎麼說這種話？我這些年來努力打拼，就是爲這一天。妳放心，馬上就會習慣那邊生活。何況經營上軌道，我們也可以搬回東京，把剩下的事情交給下面的人處理。」

但厚子說什麼也不肯答應，還說「如果你要去，就自己一個人去吧」。洋一當然也惱怒了，扔下一句「那我就自己一個人去」，開始準備獨自搬往大阪。

厚子的女性朋友們都相當同情厚子的遭遇。

「噢，大阪呀……確實讓人提不起勁。」從前就讀女子大學時的同窗好友眞智子這麼說：「你們連房子也買了，洋一實在應該再忍耐一陣子。拒絕這一次有什麼關係，或許下次就在東京開分店了。」

但也有些朋友責備厚子。例如從前當上班族時的同事美由紀就反對厚子與丈夫分居。

「分居等於任由老公在外頭偷腥。妳應該跟去大阪，再跟老公說想回東京。反正就算搬到大阪，時間應該也不長，不是嗎？」

厚子也認爲美由紀的建議相當有理。在外人看來自己眞的太任性了。沒錯，這或許是事實。

——爲什麼偏偏是大阪……

厚子將臉靠在新幹線列車的車窗玻璃上，心裡低喃。

列車一抵達新大阪車站，厚子依照刑警的指示，站在剪票口旁等待。不一會，便看到一個穿淡灰色西裝的男人走過來。那男人的皮膚晒得黝黑，給人一種粗獷的印象，年紀約莫三十五歲前後。

男人自稱姓番場，是大阪府警的刑警。

「我們已備妥車子。」

番場伸出右手，似乎打算幫忙拿厚子手上的大旅行袋。厚子輕輕搖頭辭謝，番場也不堅持。

警方的車子是輛白色豐田皇冠。厚子原以爲是制式警車，見狀後不禁鬆口氣。

「請先到醫院進行確認。」

刑警一面開車一面說道。

「確認什麼？」

厚子這句話剛說完，內心豁然醒悟。要先確認遺體的身分。

「妳跟先生……」刑警頓了一下，問道：「目前分居？」

「對……因爲工作的關係……」厚子低著頭回答。

「我明白了。」刑警頷首說道。

厚子望向車窗外。路上全是車子，各自爭先恐後地往前擠，彷彿說什麼也不能落後他人。據說大阪的車輛持有率在全國各縣市間居於下位，但小型貨車、箱型車等商用車輛的數量多得嚇人。看來傳聞恐怕並非空穴來風。而且這類商用車輛都開得蠻橫，不斷超越其它車子，無論如何都要搶在前頭。

「好香啊。」刑警突然道。

「咦？」厚子愣一下。

「我指香水。」

「噢……」

厚子不禁低頭朝自己的肩膀瞥一眼。或許有點抹得太多了。

到醫院後，厚子確認遺體是洋一無誤。其實厚子並沒看得很仔細，只是瞄一眼便別過頭。但在那瞬間映入眼簾的面孔，確實是洋一沒錯。

厚子在醫院稍作休息後，主動提出想前往命案現場看看的要求。洋一斃命的地點是心齋橋路上的自家店內。一樓賣包包及飾品，二樓賣鞋子，地下一樓則賣服裝。

到目前為止，厚子只到店裡一次。當時是假日，完全不清楚平日到底多少客人。辦公室位於一樓包包賣場的後方，洋一就是在那裡遭到殺害。

「妳先生就倒在這裡。」

番場指著地板上的白線說道：

「仰躺姿勢，胸口插一把水果刀。就像白線畫的，他躺得直挺挺，身體完全沒歪斜。」

正如同刑警所言，白線描繪出的身體姿勢筆直。厚子雖未見過命案現場，卻也看得出來屍體呈現這樣的姿勢並不自然。當然若刑警沒提醒，厚子自己無法察覺異狀。

「被殺死的人躺得直挺挺，這代表什麼？」厚子問。

刑警搖頭道：

「稱不上有什麼特別的意義，就只是有點古怪而已。」

厚子敷衍地點點頭，再度望向地上的白線。

「昨天沒開店，店員最後一次看見妳先生是前天晚上。」

番場翻開筆記本道：

「第一個發現遺體的是姓森岡的女店員。今天早上八點多，她到店裡上班時看見遺體。」

「能看得出遭到殺害的時間嗎？」

「大致推算得出來。」番場說道：「根據推算，死亡時間爲昨晚七點到九點之間。」

厚子不禁大感佩服，警察竟然能將死亡時間鎖定在如此狹窄的範圍。

「怎麼推算出來的？」

「全拜發達的醫學所賜。」

番場露出淡淡的笑意，彷彿自己受到稱讚。但他旋即板起臉孔。

「田村太太，請問妳最後一次跟先生說話是什麼時候？」

厚子略一思索：

「前天晚上，我先生打電話給我……爲什麼問這個？」

「如果方便，能不能說一下你們談了些什麼？」

「談了些什麼……？他說明天不開店，問我要不要來大阪。」

厚子清楚記得洋一當時的語氣。一聽就知道別有意圖，卻故意裝得一派輕鬆。

——要不要來我這裡？明天店面休息，我有很多時間可以帶妳參觀大阪。

——不必了，我對參觀大阪沒興趣。

——別這麼說嘛，我難得休假一天。

——既然難得休假，怎麼不回東京？

「田村太太，妳當時怎麼回答？」

刑警的聲音讓厚子回過神。

「妳當時對妳先生說了什麼？」

番場又問一次。

「呃……我說不去。」

「是嗎？」番場一臉納悶地問：「爲什麼拒絕？」

「因爲……」

厚子張口結舌，一時不知該不該說實話。雖然低著頭，卻感覺到刑警的視線正朝自己射來。

半晌，厚子下定決心抬頭道：

「因爲我討厭大阪。」

番場先是一愣，滿臉錯愕之色，但緩緩轉爲禮貌性的微笑。

「原來如此，挺有說服力的答案。」

「對不起……」

厚子輕輕鞠躬道歉。

「請別這麼說，我也有討厭的地區。例如太冷的地方，我就不喜歡。」

番場設法讓厚子有臺階。

接著番場說了幾個關於現場狀況的線索。例如水果刀原本就是放置在辦公室裡的東西，現場指紋被擦拭得乾乾淨淨，而且沒打鬥跡象。番場解釋得相當詳細，簡直像是國小老師對學生上課。

「凶手似乎也沒搶走任何東西。昨天沒開店，當然也沒有當日營收。」

最後番場詢問厚子是否想得到誰會下此毒手，厚子回答「不清楚」，暗想著怎麼可能回答得出來。

「好的，我明白了。」

但番場的態度自然，似乎並不特別失望。

走出店外，番場詢問厚子接下來的預定行程。

「今晚我會住在大阪，其它事慢慢再想。」厚子回答。

「這麼說來，今晚妳會睡在妳先生的公寓？既然是這樣，我送妳過去。」

洋一在谷町租一間單人用的小房間，窗外正下方是一座小公園。

「不，我今晚不想去那裡。」厚子搖頭：「我打算心情平復後再整理我先生的遺物。」

「噢……」番場刑警似乎想追問什麼，但最後只是點點頭說：「這麼說來，妳今晚會住在飯店？」

「對，但還沒訂房……我希望找一家能夠遠眺大阪街景的飯店。」

「既然如此，我推薦妳一家好飯店。」

番場轉身邁步而行，厚子自後頭跟上。

番場推薦的飯店，離洋一的店只有徒步五分鐘路程。那是某航空公司旗下經營的飯店，爲高樓層建築，有著雪白外觀。厚子依稀記得東京的銀座也有一家相同飯店。

番場在二樓櫃檯爲厚子安排一間位在二十五樓的單人房。

「或許明天還會有些事請妳配合。」

番場臨走之際鞠躬道。厚子鞠躬回禮。

這天夜裡，厚子自二十五樓的窗戶俯瞰大阪街景。眼下就是御堂筋路，數道車線上盡是有如火柴盒般的車輛，彷彿正不斷往前推擠。

洋一不在了。

這讓厚子有種與現實脫離的錯覺，直到現在依然無法相信這是事實。

洋一已經被殺了。厚子不斷在心裡告訴自己。這有一種催眠的效果，宛如擠壓疼痛的臼齒，讓不舒服的感覺稍微舒緩。

——大阪其實是個好地方。

洋一這句話驀然浮上心頭。在大阪開店約一個月後，洋一對厚子說這句話。

「到底哪一點好？」

厚子瞪著心齋橋的夜景，嘴裡不禁咕噥。這座城市到底是哪一點讓洋一看上眼？對自己而言，住在這種地方就像活在一個永遠不會有早晨的黑夜裡。

「這座城市才是害死他的凶手。」

厚子認爲不論眞正下手的人是誰，這都是無庸置疑的事實。

3

隔天清晨，電話響起。一如厚子的預期，來電者是番場。

「昨晚睡得好嗎？」

番場的嗓音就跟昨天一樣字正腔圓。厚子只淡淡應一句「不太好」，番場語重心長地道：「我能體會。」

番場邀厚子一起吃早餐，厚子答應了，兩人相約在二樓的咖啡廳見面。

厚子下樓走進咖啡廳一瞧，番場早已到了，正喝著咖啡讀週刊雜誌。他一見到厚子急忙收起週刊雜誌，起身行了一禮。

「昨天勞煩妳幫了那麼多忙，今天又來打擾，眞是非常抱歉。」

「沒關係。」

厚子坐了下來，向服務生點了一杯奶茶。明知道該吃點東西，卻什麼也吃不下。

「關於妳先生的店，我們掌握到最新消息。」刑警也坐了下來，接著道：「根據我們調查，店的經營狀況似乎不甚理想。不僅貨款遲遲沒付清，營收也持續下滑。」

番場的表情凝重得像自己開的店經營不善。

「妳先生跟妳提過這件事嗎？」

厚子聳聳肩道：

「我早隱約猜到了，但他不曾親口跟我說過。」

刑警點點頭。

「到目前爲止，我們並沒查到金錢糾紛，如果妳知道這方面的內情，請務必告知。」

「我不清楚……」厚子低聲說：「我先生從不跟我談工作上的事。」

「沒關係，大部分男人都這樣。」

刑警反而安慰起厚子。

服務生送上奶茶。厚子啜了一口，回想起大約一個月前，自己曾與洋一的大哥一彥見一面。一彥原本只是開一家小服飾店，後來規模擴大成以大樓爲經營單位。平日雖然是性情溫厚的紳士，但能力過人，態度中也帶三分嚴峻。

「洋一的店似乎經營得不是很好？」三月的某一天，一彥邀厚子到鄰近的咖啡廳見面，有些難爲情地道：「他的店雖然採獨立收支，但若有困難，我們隨時都會伸出援手。洋一有沒有跟妳提過這件事？」

「沒有，他什麼也沒跟我說。」

「是嗎……過去洋一一直跟著我打拚，現在突然獨立經營，我有點擔心他能不能應付得來。畢竟這個三弟向來個性溫吞，想要在大阪那個弱肉強食的世界存活，可說是非常嚴苛的考驗。」

既然這麼不安，爲何要把大阪的店交給洋一負責？厚子想要這麼頂撞，但最後什麼話也沒說出口。畢竟一彥大哥對自己夫妻頗有恩情。

「我想洋一如果對我或宏明難以啓齒，應該會找妳商量。若有任何困難，請不要客氣，儘管跟我們說。」

「好的。」

「對了，妳之前說因爲工作暫時無法搬到大阪，現在還是一樣嗎？」

「對……我想過陣子再說。」

「如果可以，我希望妳早點過去跟洋一團聚。我想他應該很寂寞。」

一彥笑嘻嘻地說道。

——哥哥太能幹，也不是件好事。

厚子回想著自己與一彥的對話，不禁輕輕嘆口氣。比起讓洋一負責拓展分店，厚子更寧願讓洋一永遠在一彥底下工作。如此一來，洋一就不需要搬至大阪，今天也不會發生這樣的悲劇。

「對了，有個問題雖然失禮，我還是得問一聲。」

番場的話將厚子拉回現實。

「妳先生與異性友人之間，有沒有什麼不尋常的交往關係？」

「異性友人……」

厚子跟著呢喃了一遍。這字眼聽起來便不尋常。但厚子從未想過這個問題。

「我沒想過這個問題。」

厚子搖頭回答。番場刑警尷尬地搔搔頭道：

「其實我也不是掌握什麼證據，只是覺得既然你們分居，這也是不無可能……說穿是毫無根據的臆測，請妳別放在心上。」

番場一邊解釋，喝乾早已涼了的咖啡。

「請問……你約我見面，就只是爲了問這些問題嗎？」厚子問道。

番場態度一轉，恭謹地道：

「不，今天可能會占用妳整天的時間。」

「整天？」

「是的。今天我打算到一些妳先生常涉足的地方碰碰運氣，若妳能陪同，對搜查行動會有很大的幫助。」

「唔……」

洋一在大阪過著什麼樣的生活，自己確實很感興趣，何況自己並不討厭這個姓番場的刑警。厚子略一沉吟，下定決心道：

「好，我可以配合。」

番場聽了如臨大赦，瞇著眼睛笑起來。

一個小時後，厚子將行李寄放在飯店裡，辦妥退房手續，便與番場刑警並肩走出飯店。此時御堂筋路上已擠滿車子。兩人等了漫長的紅燈，走到馬路對面。

番場首先沿著行人徒步道路的心齋橋筋路往北走。明明是非假日，路上行人卻多得像是尖峰時段的電車車廂。道路兩旁全是商店，但厚子被擁擠的人潮不斷往前推，甚至沒有時間看清楚每家店賣的到底是什麼。

第一個目的地，是一棟細細長長的銀色建築物。

「這裡叫索尼大樓，聽說妳先生常來購物。」番場說道。

厚子跟在番場身後應道：「東京的銀座也有索尼大樓，沒什麼稀奇。」

番場臉上似乎露出苦笑。

兩人來到頂樓，俯瞰著心齋橋筋的街景。

「妳能不能告訴我，妳到底討厭大阪的哪一點？」番場問道。

「全部。」厚子回答：「大阪的一切，我全都討厭。尤其討厭大阪人的貪婪。」

番場似乎想說些什麼，但最後只是點點頭，說一句「原來如此」。

兩人離開索尼大樓，繼續朝著心齋橋筋路往南走。除了人潮多得讓厚子幾乎喘不過氣之外，更麻煩的是大阪人走路快得不可思議，簡直像在逃命。厚子只能努力跟上這些路人的步調，根本沒有心思環顧周圍景色。

即使再怎麼不願意，大阪腔的說話聲還是會鑽進耳裡。例如走在前面的兩名女高中生，從剛剛就一直嘰哩呱啦說個不停。厚子聽懂的句子甚至不到四分之一。不僅說話速度太快，中間還夾雜著笑聲。

就在厚子感覺快要窒息時，兩人終於走到比較寬闊的地方。前方是一座大橋，橋另一側又是街道。

「這裡是道頓堀。」

番場道：

「妳今天早上只喝一杯紅茶，要不要吃碗烏龍麵？我查到一家妳先生常光顧的店。」

厚子沒什麼食慾，但實在不想再走，於是答應了。

走過道頓堀的橋，往左轉個彎，一座巨大的螃蟹模型映入眼簾。那其實是著名螃蟹料理餐廳的電動招牌，蟹螯跟蟹腳都會緩緩擺動。大螃蟹帶給厚子一種難以言喻的感覺，明明極不舒服，卻又受到吸引，心情可說是既矛盾又彆扭。厚子不知該如何面對自己的情緒，只能選擇別過頭不看。

番場說的烏龍麵店，就在離大螃蟹不遠處。門口只掛了一塊小小的布簾，若不仔細看實在很難發現那裡有家麵店。兩人走進店裡，各自點一碗油炸豆皮烏龍麵。番場趁麵還沒來的時候，向麵店老闆問一些關於洋一的事。老闆清楚記得洋一這個人。

「噢，你說他呀。他幾乎每天都來吃麵，還說東京的烏龍麵跟我的麵完全不能比。」

「他都是一個人來吃麵嗎？」

「是啊，大部分都是一個人。」

「最近他看起來有什麼異樣嗎？」

「唔……倒也沒什麼異樣。不過有點無精打采，似乎有什麼心事。」

「原來如此……抱歉打擾你煮麵了。」

番場說完這句話，老闆剛好送上烏龍麵。

「聽說東京的烏龍麵湯汁顏色很深，吃起來盡是醬油味，是眞的嗎？」

番場稀哩呼嚕地吸一口麵，突然這麼問厚子。

「我很少吃烏龍麵，不清楚。」

厚子說完，忽覺得自己的口氣有些太失禮。偷偷朝番場瞄一眼，發現他似乎一點都不在意，依然吃麵吃得呼嚕有聲。

離開烏龍麵店後，兩人繼續沿著店門口前的道路前進。又走一會，看到一塊招牌寫著「吃到山窮水盡」（*1），前方不遠處有具拿著大鼓的人偶。這具人偶似乎也有著可動式機關，但沒有開啓電源。厚子心中再度五味雜陳，就跟剛剛看了大螃蟹招牌的心情一樣。

接著厚子又隨著番場走過了不少地方。經過了中座劇場，也見識了難波花月劇場。難波花月劇場的前方招牌上，掛了一大排搞笑藝人的照片，厚子一個也不認得。

兩人走進咖啡廳稍作休憩，厚子趁機詢問番場的眞正目的。這個刑警爲何要帶著自己到處亂逛，厚子實在想不出個所以然來。

「我若說這麼做都是調查案情，妳相信嗎？」

番場刑警的臉色實在讓人看不出有幾分認眞。

「我不明白，你帶著我參觀大阪，對調查案情有什麼幫助？」

「請不要想太多，放心交給我處理吧。」

番場還是不肯說出心中的盤算。

兩人離開咖啡廳，自新歌舞伎座劇場的右側沿著御堂筋路往北前進，途中看見一家章魚燒攤販。

「這可是大阪著名美食，要不要吃吃看？」番場說道。

「不用了。」

「別這麼拒人於千里之外，陪我吃一下吧。」

番場半強迫地要厚子坐在攤販的椅子上，擅自點章魚燒。

「大阪章魚燒的獨特口感，在其它地方可吃不到呢。像我從小吃到大，反而更忘不了這個滋味。」

厚子愣愣地看著老闆送上來的章魚燒，一點想動筷的念頭也沒有。剛剛那種奇妙的感覺再度自胸口向上竄升。明明極不舒服，卻又受到吸引。

到頭來厚子一口也沒吃。在番場的催促下，只好繼續沿著御堂筋路前進。

4

「累了嗎？」番場倚靠著道頓堀橋的欄杆問道。

「有一點。」厚子回答。

「妳對大阪的感想一定是人很多，巷道卻比想像中還要窄，到處都人擠人吧？」

*1 「吃到山窮水盡」原文作「食いだおれ」，意思是「因過於享受美食而散盡家財」。

厚子點點頭，默默凝視著橋下的流水。

「妳幾歲才離開大阪？」

番場輕描淡寫問。厚子大吃一驚，轉頭望向番場，卻見他依然一副好整以暇的態度。

「妳小時候在大阪住過，對吧？」番場說道。

「你怎麼會知道……？」

「其實我不知道，只是一種感覺。打從第一眼見到妳，我就明白了。或許該說是一種氣味吧。我對自己的鼻子很有自信。」刑警指著自己的鼻尖說道。

「我讀國小的時候，曾在大阪住過一段時間。」厚子將手放在欄杆上，望著遠方說道：「我父親是建築材料的中盤商，原本一直住在和歌山，後來決定來大阪開店。我還記得當時他常帶我來這附近逛街。」

「那間店後來怎麼了？」刑警問道。

厚子若有深意地呵呵一笑道：

「剛開始生意不錯，但後來同業商品不僅更便宜，供貨速度更快。我父親努力想要與他們對抗，但完全不是敵手。我父親私底下常說，搞不懂他們怎麼能賣得這麼便宜。」

以那樣的價格賣商品肯定會賠錢……厚子記得當時父親常一邊喝酒一邊抱怨。

「欠債越來越多，我母親認爲不如將店面轉手賣給別人，回和歌山算了。但我父親不肯服輸，說要賭最後一把，竟然大量收購當時特價販售中的建築用新材料。有個男人跟我父親說，這麼做肯定能大賺一票。我父親不僅跟那男人借了錢，還抵押了店面。」

厚子依稀記得當時的情況。母親得知父親爲了收購商品而抵押店面，像發狂般堅決反對，最後竟然從廚房取來菜刀，抵住自己下巴。

——老公，求求你別這麼做！你要是不聽，我就死給你看！

——傻子！我是要靠這次起死回生！

父親搶走母親手上的菜刀，母親趴在榻榻米上嚎啕大哭。

「父親最後一場賭注終究失敗收場。他購買的建築材料是瑕疵品，製造商也倒閉了。我們家的店當然就這麼拱手讓給了別人……」

厚子頓一下，嚥口唾沫道：「我父親最後上吊自殺了。」

番場不發一語，默默看著厚子的側臉。這樣的反應，反而讓厚子鬆口氣。

「我的母親靠著縫紉，一個人將我撫養長大。她常告誡我，大阪是個可怕的地方。任何人只要在大阪做生意，就會像著魔一樣性情大變。」

「所以妳才這麼討厭大阪？」

番場小心翼翼地問。厚子目不轉睛地望著他，斬釘截鐵地道：「沒錯。」

「原來是這麼回事。」

刑警瞇起雙眼，彷彿面對著刺眼的光芒。接著他轉身面向熙來攘往的人群道：

「我看得出妳住過大阪，但妳卻說討厭大阪，我怎麼想也想不通，才會一整天拉著妳到處跑。我以為只要跟妳一起在街上走一走，就能明白妳的心情……現在我懂了，原來妳有過這樣的遭遇。」

番場轉頭望著河面又道：

「我很喜歡大阪。沒錯……大阪很多讓人難以適應的地方。基於我的工作，我可是把大阪的黑暗面看得一清二楚。但大阪也有獨特的優點。我猜想……妳先生應該也是喜歡上大阪的優點吧。」

厚子聽著番場的話，眺望著河岸上的巨大固力果霓虹招牌。沒有任何修飾或變化，只是把世人熟悉的固力果(*1)馬拉松跑者圖案放大至整棟大樓的牆面而已。在東京人眼裡，或許是極盡低俗之能事。但低俗，卻有十足的訴求力，也許這就是大阪人的處事風格。

「刑警先生……」

厚子再度俯視河面，對著番場呢喃。

「什麼事？」

刑警問道。口氣同樣那麼慢條斯理。

「是我……」

厚子轉頭望向番場。他也神色謙和地望著厚子。

「那個人……是我殺的。」

厚子感覺有股情緒竄上胸口，接著緩緩消褪。心跳加快，呼吸變得紊亂。

但番場表情沒絲毫變化，依然以慈和的微笑望著厚子，彷彿正在等待她恢復平靜。

「我知道。」

這是番場第一句話。說這句話時，他的嘴角依然帶著笑意。

「果然……你早就知道了？」

厚子調勻呼吸問道。她此時全身瘦軟，光站著都感到吃力。

「倒不是掌握了明確的證據……」番場說：「只是今天跟妳相處一天，我逐漸相信自己的推測沒錯。」

厚子點點頭。雖然自己的罪行終究敗露。但負責的刑警是眼前這個人，可說是不幸中的大幸。

*1 「固力果」（グリコ）是日本知名糖果糕點公司，其架設在大阪道頓堀河岸上的巨大招牌已成爲大阪的著名地標。

「其實我前天就到大阪了。大前天晚上，我先生打通電話給我，把我叫到大阪來。」
「妳明明討厭大阪，卻還是來了？」
「我也是逼不得已。」
剛開始的時候，厚子在電話裡拒絕洋一。
——別這麼說嘛，我難得休假一天。
——既然難得休假，怎麼不回東京？
——我分不開身。而且老實說，我希望妳將公寓的所有權狀帶來給我。
——所有權狀？你要拿來幹什麼？
——只是有一點事想要確認。詳情我們見面再談。
洋一說完這句話便擅自掛斷電話。厚子迫於無奈，隔天只好來到大阪。
「你們約在店裡見面？」
刑警問道。厚子緩緩點頭。
「他一見到我，劈頭便要我交出所有權狀。」
厚子再度將視線移回河面。霓虹燈光落在河面上，反射出熠熠光彩。洋一的臉逐漸浮現，與眼前景緻重疊。

「快拿出來。」

洋一雖然使用命令句，口氣卻接近軟語相求。

「你想要所有權狀做什麼？」

厚子嘴上雖這麼問，其實心裡早已猜到。

「妳別管那麼多，反正對妳不是壞事。」

「我不要。你想把公寓賣掉，對吧？」

「我急需一筆錢啦。」

「我就知道……」

「妳就知道什麼？」

「你想把錢用在生意上。」

「只是借用一下。生意上軌道，我們就在大阪買公寓。分居這麼久，該一起生活了。」

「如果資金周轉不開，一彥大哥會幫你，這是他親口跟我說的。」

「我不想被他瞧不起，無論如何都要靠自己的力量渡過危機。我希望妳幫我。」

「爲了化解這個危機，你寧願把公寓賣掉？」

「這攸關商人的尊嚴，希望妳體諒。好了，把所有權狀交出來吧。」

洋一不耐煩地皺起眉頭，伸出右手。厚子將提包緊抱在懷裡，轉身背對著洋一。就在這時，厚子看見桌上有一把水果刀。

「來，快點給我吧。」

洋一手搭在厚子的肩膀上，厚子突然拿起水果刀。洋一見狀有些吃驚，但並沒有露出害怕的表情。

「妳拿刀子做什麼，好危險。」

厚子的腦海浮現多年前的可怕噩夢。家庭破滅，從此與幸福無緣。

「老公，你剛剛說了大阪腔。」

「大阪腔？」

「你說快點給我時，用了大阪的腔調……」

「噢……那又怎麼樣？在這裡住久了，說話自然會受到影響。」

厚子兩手緊握水果刀，緩緩將刀尖移向自己下巴。那姿勢就跟母親當年一模一樣。

「求求你聽我的……」厚子哀求：「再這麼深陷下去，就無法脫身了。」

直到這一刻，洋一才終於有懼意。但是下一秒，洋一往前踏了一步。

「妳在胡說些什麼，別幹這種傻事。夠了，把刀子跟所有權狀都拿過來。」

洋一抓住厚子的手腕，厚子使盡全身的力氣緊緊握住刀柄。當年母親遊說失敗，正是因爲被父親輕易奪走刀子。厚子深信如今一旦失去刀子，悲劇將會重演。

「放開！」

「我不要！」

兩人一陣拉扯，同時重重摔倒在地。洋一發出一聲哀嚎，身體突然劇烈抽搐。當厚子回過神來，洋一已經躺在地上動也不動了。

水果刀就插在洋一的胸口。

「接下來，我也不知道自己到底在做什麼。我盡量把指紋擦拭乾淨，匆匆逃出店外，搭乘當晚最後一班新幹線列車，回到東京公寓。」

厚子一口氣說完，吁一口長氣。刑警倚靠欄杆，靜靜聽完後，搔搔鼻子的下方道：

「我又解開一個心中的疑惑。」

「疑惑？」

「是啊，原本我實在想不通，爲什麼凶手要殺死自己心愛的人。」

番場說著又搔了搔鼻子下方。

「刑警先生……」厚子平靜道：「你怎麼知道我就是凶手？」

「氣味。」番場以指尖在鼻子上一彈。「查看遺體時，我在遺體的頭髮上聞到一股香氣。那不是髮油，是女人的香水。我便猜想，凶手是個深愛著死者的女人。」

「深愛著死者……爲何這麼猜？」

「因爲那股香氣只在死者頭髮上才聞得到。所以我的第一個疑問，就是死者爲什麼只有頭髮沾上香水。凶手身上的味道只殘留在死者頭部，這可不太尋常。我想到的理由，是凶手曾經像這樣抱起死者。」

刑警做出宛如母親環抱嬰兒的動作。

「凶手因一時失手殺人，臨走前像這樣抱了抱死者。因爲一度抱起死者的上半身又放下，死者才呈現直挺挺的姿勢。」

厚子聽到這裡，不禁垂下頭，閉起雙眼。番場的推理確實沒錯。

洋一再也不動後，厚子曾將他抱起，把他的臉摟在自己的懷裡，並且不斷啜泣，直到再也流不出一滴眼淚。

「田村太太，我一聞到妳身上的香水味，就確定自己的推理正確。但我當時完全想不透，爲何這麼善良的人會殺死自己的丈夫。」

厚子回想起當初一見面，番場便稱讚過自己的香水。原來早在那時，他便得知眞相。

厚子緩緩睜開雙眼。在這短短的時間裡，夜色變得更深。街景換一副面貌，路上行人的表情也與白天大異其趣。

「大阪的夜晚才要開始呢。」

刑警驀然道。接著轉頭望著厚子低語：

「時間差不多了，該走了。」

厚子點點頭，再度環顧左右。路上行人還是一樣匆忙來去。不知從哪裡出現，不知消失在何方。

「該走了……」

厚子以大阪腔輕聲回應。

白色凶器

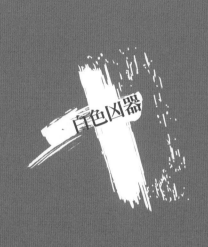

1

「是你……人是你殺的？」

女人在黑暗中問道。屋裡的燈一盞也沒有開。一滴水珠自水龍頭的前端滑落，撞在流理臺內的餐具上，發出輕響。

漫長的沉默後，響起另一道聲音。

「沒錯，是我殺的。」

「為什麼要做這種事？」

「這還需要問嗎？妳不認為那種人是罪有應得嗎？」

「我也這麼想，但是……除了殺人之外，應該有其它解決辦法吧？」

「沒有。殺人是唯一的辦法。難不成妳想得出其它辦法可以報仇雪恨？」

「但遲早警察會找上門來，到時一切都完了。」

「別擔心，天公會保佑好人，我們絕對不會受到懲罰。」

「但是……但是……」

「不用怕，不會有事的。現在讓我們閉上眼睛，好好睡上一覺吧。就像平常一樣，為我唱首搖籃曲。」

「好，我唱……但是……我感覺自己快發瘋了……」

2

田宮警部一看見屍體，頓時皺起眉頭。沒人喜歡在一大清早看見這種東西。田宮刻意移開視線，抬頭望向上方。灰色的建築物朝著天空延伸，玻璃窗反射著太陽光。

「從六樓摔下來的。」一名年輕刑警走到田宮身旁，指著上方數來第二層的窗戶說道：「就是那扇窗戶。」

「你怎麼知道是從那裡摔下來？」

田宮仰著頭問道。

「死者是購買部材料課的課長，那扇窗戶裡頭就是材料課的辦公室。」

「噢……原來如此。鑑識課的人都上去了？」

「早就上去了。」

「好，那我們也走吧。」

田宮又朝屍體瞥了一眼，皺著眉頭走向建築物大門。

這天清晨，A食品股份有限公司的材料課課長安部孝三，遭人發現陳屍在辦公大樓旁。發現者是大樓警衛，當時他正在進行早上七點的巡視。屍體的姿勢呈大字形，躺在本館後方的混凝土道路上，鮮血流了一地。

不久，轄區員警趕到現場。由於有他殺的可能，縣警本部搜查一課也派人前來調查。

「應該是從這扇窗戶摔下去沒錯。」田宮及西岡一走進六樓的材料課辦公室，西岡便指著敞開的窗戶道：「窗框上有疑似安部留下的毛髮及血跡。」

「這裡嗎？」田宮走向窗戶，由下往上探頭望著窗框說道：「這麼說來，他在墜樓前，腦袋在這裡撞了一下？」

「好像是這樣，一定很痛。」

「是啊。」

田宮忍不住摸了摸自己的頭。這幾年頭髮越來越稀疏了。

「這扇窗原本就開著？」

「聽說原本就開著。」西岡回答。

「聽說？什麼意思？」田宮皺眉問道。

「這間公司的警衛會在半夜一點時巡視大樓內部。聽說昨晚巡視的時候，警衛發現這間辦公室的燈亮著，窗戶也開著。」

「警衛怎麼處理？」

「就只是把窗戶關上，繼續巡視其它地方。警衛似乎誤以爲還有員工在加班。這家公司偶爾會有員工加班到這麼晚。」

遇到狀況的處理方式這麼草率，巡視大樓有什麼意義？田宮心裡抱怨，但懶得出口。

「這麼說來，死者在一點前就墜樓了？」

西岡取出筆記本看著道：「推斷死亡時間是昨晚九點至十一點。」

「原來如此。」

田宮站在窗邊，窗戶高度只比腰際略高。探頭往樓下一看，可瞧見員警正在清理案發現場。六樓的高度令田宮不禁有些兩腿發軟。

「安部的座位在哪裡？」

「這裡。」

辦公室內有兩張背對著窗戶的椅子，西岡指著其中一張。椅子上貼著一枚標籤，上頭寫著「安部」。隔壁椅子的標籤上則寫著「中町」。

安部的辦公桌整理得相當整齊。檔案夾及筆記本都放在架書器裡，除此之外桌上只有一個塞滿菸蒂的菸灰缸。

田宮朝辦公桌旁的垃圾桶內瞥一眼。裡頭有不少紙張，有些被揉成一團，有些則被撕成了碎片，或許都是死者昨晚加班產生的垃圾。田宮拿起其中一團，攤開一看，上頭只以簽字筆寫了幾個大字，不是什麼會議紀錄之類的文件。

田宮將紙張重新揉成一團，扔回垃圾桶內。

不久，員工們紛紛進公司。專務董事、安全部長等高層主管都來表達關切，田宮隨口敷衍幾句，就把他們打發走了。向那種高高在上的人問話，只是白費力氣。

材料課的職員們都在警方的指示下待在附近會議室裡等候問話。田宮首先將其中年紀最大的男職員叫進辦公室。

那名男職員姓佐野，有著微胖身材及白皙臉孔，性格有些懦弱，卻有著組長頭銜。根據佐野的證詞，安部昨晚本來預定要加班到很晚。由於今天要召開購買部會議，安部必須製作要報告的資料。

「昨晚留下來加班的人，只有安部先生嗎？」田宮問道。

「這我也不清楚……通常會有好幾個人留下來，可以查打卡紀錄。」

田宮向西岡使個眼色，西岡立即起身走了出去。

「發生這種事，你們一定都嚇了一跳吧？」

等待西岡回來的時間裡，田宮點了一根菸，語氣輕鬆地問道。佐野點點頭，自己也取出HOPE牌香菸，用力吸了一口，才稍微恢復鎮定。

「我來到公司前，滿腦子只想著今天有兩份文件要給課長蓋章。眞是作夢也沒想到會發生這種事。」

佐野以手指夾著香菸，輕輕搖頭說道。

「昨天安部先生有沒有什麼不對勁？」

「這個嘛……似乎跟平日沒什麼不同。」

「你剛剛提到今天有場會議，那是很重要的會議嗎？」

「不算太重要，只是定期的例會而已。」

佐野說完這幾句話，又將菸舉到嘴邊猛抽。

不一會，西岡取來材料課職員的打卡紀錄。根據紀錄，昨晚還有一個姓森田的男職員及一個叫中町由希子的女職員留下來加班。森田的打卡時間爲晚上九點五分，中町由希子則爲晚上十點二十二分。刑警決定先將森田叫進來問話。

「昨天我想完成一份報告書，所以留下來加班。」

森田有著俊美的相貌及宛如運動選手般的體格，年過三十卻依然單身，一看就是會受異性歡迎的男人。

「你下班離開時，安部先生在做什麼？」

「好像還在製作資料，中町小姐在旁邊幫他。」

「他看起來心情如何？有沒有露出焦躁或不耐煩的表情？」

「不，他的臉上掛著笑容。我還在加班的時候，他也經常跟我說笑話。」

「噢……臉上掛著笑容……」

至少從森田的證詞聽來，死者不像是自殺。

中町由希子是個身材嬌小的年輕女職員，今年二十四歲，由於長相帶著稚氣，看起來比實際年齡還要小。她在接受問話時顯得很緊張，緊緊握著一條手帕。由希子的主要工作爲材料課的人事事務，所以座位在課長的旁邊。

「昨晚我一直在課長旁邊幫忙。課長寫出草稿，我就負責以打字機打出來。工作大約在十點多結束，課長說我可以先離開，所以我就下班了。」

「當時安部先生在做什麼？」

「好像是在做最後整理。」由希子垂首說道。

「加班的過程中，有沒有發生什麼不尋常的事情？例如他突然接到電話之類……」

「沒有。」

由希子的聲音依然微弱，但跟前面幾句話比起來，這個回答顯得頗有自信。

田宮等中町由希子離開後，轉頭問西岡：「你怎麼看？」

「目前還看不出個所以然。」西岡道：「就算採納中町由希子的證詞，也只知道安部墜樓是在十點二十分後。還有綜合兩人證詞，死者是自殺的可能性並不高。」

「是啊，更何況……」

田宮望向窗框的上方說道：

「如果是自殺，腦袋不可能撞到那種地方。」

田宮心想，這案子顯然不單純。

「可是……你知道死者的體重是多少公斤嗎？」

西岡似乎猜出了田宮的想法，主動開口問道。

「不知道。多少公斤？」

「據推估約在八十至八十五公斤。」

「嗯……」田宮這下子感覺頭更大了。一來房間裡沒有打鬥跡象，二來以這扇窗的高度，就算被人突然從後面猛推也不太可能摔出去。更何況死者的身體重達八十公斤……

「恐怕不太可能做到。」田宮說道。

言下之意當然是被人推下樓的假設。

「至少我做不到。若是派職業摔角手上場，或許有機會成功。」西岡說道。

「這麼說來是意外？死者不小心從這裡掉了下去？」

田宮再度走向窗邊，往樓下俯瞰。

「但要怎麼個不小心法，才會從這種地方掉下去？」

3

這天下午，警察都走了，材料課的十五名職員終於回到辦公室上班。森田也走回自己的座位。森田坐在安部課長正前方第一個座位，與佐野組長的座位對望。換句話說，平日課長的視線會從右側射來，組長的視線則從正前方射來。但今天課長的座位上空無一人。不管今天或明天以後，至少不用再擔心自己的一舉一動被安部看見。森田如此想著，望向空蕩蕩的課長辦公桌，內心有種奇妙的感覺。

就在森田打算多少做點工作的時候，坐在斜前方的中町由希子站了起來，走向影印室。森田趕緊隨手抓起一些文件，自後頭跟上。

影印室裡沒有其他人。由希子一看到森田，默默伸出了右手，意思似乎是「我幫你印」，但森田無視她的動作，低聲問道：

「妳被問了什麼？」

由希子默默印幾張紙後道：

「昨晚幾點離開，課長有沒有不對勁什麼的……」

「妳怎麼回答？」

「打卡時間就是我離開時間，課長並沒有不對勁……這都是事實，不是嗎？」

「是啊，所以我也這麼回答。」

由希子不再說話，默默影印著文件。森田聽著影印機的聲音，接著道：

「我有些話想對妳說。」

4

「這次換那傢伙了。我要殺了那傢伙。」

「不行，你不應該做這種事。這麼做是不對的。」

「爲什麼不應該？那傢伙也是共犯，難道妳不恨嗎？」

「當然恨。恨得牙癢癢的。更可惡的是他們完全不知道自己的罪孽有多深重。」

「沒錯，他們就是這種人。殺他們完全不需要猶豫。我們一定要報仇雪恨。」

「好，你說得沒錯，我們應該報仇雪恨……」

「問題是要怎麼殺？」

「應該有什麼好辦法才對……」
「讓我們好好想一想……」

5

田宮的心情越來越焦躁。目前查問數日，卻查不到任何線索。中町由希子離開公司的時間是十點二十二分。依死亡推斷時間來看，安部是在中町由希子離開後的一小時內墜樓身亡。但那時是三更半夜，就算發出聲響也不會有人聽見。當時還是職員能夠自由進出公司的時間，就算有人偷偷溜進來，也不會留下任何紀錄。雖然以打卡時間來看，中町由希子是除了安部外最後離開的人，但任何知道安部當天要加班的人都有機會下手行凶。

還有一個疑點，凶手怎麼讓身材魁梧的安部摔出窗外？由驗屍報告來看，死者遭殺害後才被扔下樓的可能性極低。而且由現場鑑識報告來看，從死者著地的位置判斷，他是被一股極大的力量拋出窗外。

這麼說來，難道眞的是自殺？

「絕對不可能。他是個兼顧工作跟家庭的人，對現在的生活很滿意，還約好下次放假要全家旅行。」

安部的妻子聲淚俱下地道。根據田宮過去經驗，死者妻子口中所說的「絕對」是絕對不能相信的字眼。但在這次的案子裡，其他人的證詞卻大同小異。更何況安部的個性比較大而化之，不論遇上任何事都不可能做出自殺這種結論。

田宮只好將假設重新拉回他殺。

到目前爲止，警方沒有查出任何人對安部懷恨在心。大部分報告都指出，安部這個人雖然有些粗線條，但熱心助人且態度和善，周遭的人都對他頗有好感。根據森田的證詞，在案發那天晚上，安部還不時對森田及中町由希子說些玩笑話。

難道有人能因安部去世而得到好處？但這個假設同樣找不到符合條件的人物。當然課長一死，屬下們就比較有機會升遷，但天底下應該不會有人爲了這種動機而殺人。

想來想去，他殺的假設似乎也站不住腳。

沒想到在這個時候，發生第二起事件。

6

安部已過世一星期。材料課終於恢復原本的工作效率，課長座位空無一人的景象也不再令職員們感到彆扭。

這天，佐野桌上的電話響起來。佐野不在座位上。今天他到進貨工廠視察。

「喂，這裡是材料課。」

恰巧經過佐野座位旁邊的職員接起電話。

「對，佐野是敝公司的員工……咦？什麼？你說的是眞的嗎？是……是……」

職員在電話中的應對讓包含森田在內的所有其他職員都好奇地抬起了頭。那名職員臉色僵硬，不斷在便條紙上寫字，額頭冒出了汗滴。

「大事不好了……」職員粗魯掛斷電話，對著半空呢喃：「佐野先生……死了……」

乍看這只是單純的車禍意外。佐野駕駛的車子行駛在汽車專用車道上，因過彎不及而撞上分隔島。所幸沒有波及其它車輛，但佐野本人當場慘死。事故發生的前一刻行駛在佐野車子後方的車輛駕駛人聲稱，佐野的車子當時左右搖擺，看起來非常危險。那駕駛人見狀，刻意與佐野的車子拉開距離，因此發生事故的當下來得及避開，沒有釀成連環車禍。

根據現場勘驗，肇事原因是駕駛員精神不濟，在開車時打起瞌睡。

但正在調查安部死因的縣警本部搜查一課認爲這起車禍並不單純，提出解剖遺體的要求。一般而言，只有肇事逃逸之類罪行重大的車禍才會解剖驗屍，像這種自己撞上分隔島的車禍並不會對遺體進行詳細調查。

驗屍報告出爐，佐野的體內檢測出安眠藥。

田宮與西岡再度前往A食品公司，將幾個材料課的職員找來問話。這次問話得知三點事實。第一，所有職員都知道佐野今天要出差，也知道佐野會以開車的方式前往目的地。第二，佐野出發前曾喝茶。第三，中町由希子會在每天早上十點泡茶給每個職員。

田宮與西岡決定再度將中町由希子叫來問話。由希子的反應就跟上次一樣，微低著頭到兩人面前，坐在椅子上時全身僵硬。

田宮先旁敲側擊詢問泡茶細節。根據由希子的證詞，當天早上的茶確實是由她所泡。

「妳平常都是在哪裡泡茶？」

「外頭走廊上的茶水間。」

「只有妳一個人泡茶？」

「對。」

「那天早上，妳在泡茶的時候，有沒有人走進茶水間？」

由希子歪著腦袋想一會道：

「我記不得了。茶水間常有人進進出出，那天早上到底有沒有人進來……我完全沒有印象。」

「好吧，那妳在泡茶的過程中，是否離開過茶水間？」

由希子又思索半晌，這次斬釘截鐵地道：

「應該沒有。」

田宮凝視著由希子。那一對嬌小但白皙得有如陶瓷的雙手不斷摩擦交握。

「不好意思，能不能請妳帶我們到茶水間看看？」

田宮突然說道。

「好的，請隨我來。」由希子旋即站起，臉上並無驚訝之色。

茶水間相當狹小，裡頭有著流理臺及大型的開飲機。由希子俐落清洗茶壺，換新茶葉，從櫥子裡取出兩個茶杯，爲兩名刑警沖了茶。田宮及西岡都有些不好意思地道謝。

「這茶很好喝。對了，每位職員的茶杯是固定的嗎？」

田宮探頭望著櫥子內問道。

「並不固定。櫥子裡共四十六個茶杯，都跟兩位現在手上的茶杯一模一樣。我每次都是隨便挑選。」由希子回答。

「原來如此。」

這表示就算在茶裡下安眠藥，也不能保證佐野一定會喝到那一杯。

「端茶的時候，是由妳親自將每一杯茶放在職員們的桌上嗎？」

「是的。」

「那可眞是辛苦……啊，我們不喝了，謝謝妳。」

田宮見由希子又開始往茶壺裡倒熱水，急忙制止。但由希子只是淡淡道：

「你誤會了，我只是想順便泡給課裡的同事。」

由希子說，將形狀相同的茶杯一個個擺在托盤上。

「我都被搞糊塗了。」

兩人離開公司，朝著車站方向前進。田宮咕噥道：

「依目前的狀況來看，最可疑的人物是中町由希子。安部墜樓那一天，她在公司待得最晚，以這次的車禍案而言，她要在茶裡動手腳也最容易。」

「話是這麼說沒錯，但這些都是推測。我們甚至不知道安眠藥是不是下在茶裡。」

「是啊。」

「總之接下來把安部跟佐野這兩個人好好查個清楚，一定能找到水面下的共通點。」

7

調查過程中，田宮逐漸摸清佐野這號人物，卻找不到任何有用的線索。佐野這個人在相關人士眼中，是個性格懦弱但做事認眞、有責任感的人，不喝酒也不賭博。田宮回想當初對佐野的第一印象，確實與這些人的證詞相符。

「安部與佐野之間，除了職場的上司與下屬關係之外，查不出任何關聯性。因此唯有課內的同事才同時認識這兩個人。」

負責調查這個環節的搜查員一臉疲憊地道。

搜查一課內部開始有人認爲這只是單純的意外。安部的墜樓意外，與佐野的車禍意外，恰巧在同一個時期發生。但這不能解釋爲何佐野的體內會殘留安眠藥。

「佐野妻子說，佐野這個人從不吃安眠藥。他爲人謹愼小心，開車前連帶有酒味的奈良醬菜也不敢吃。」

另一名搜查員以充滿自信的口吻道。

不過案情的調查倒也不是全無進展。搜查員們查證所有材料課職員在安部墜樓時的不在場證明，發現唯獨中町由希子可能在那個時間接近案發現場。

當然這無法視爲關鍵性的證據，畢竟兇手不見得是安部的屬下。但加上安部與佐野的生活並無交集，中町由希子就是兇手的可能性實在很大。

「中町由希子……確實有些古怪。」

田宮撫摸著下巴呢喃。

在安部發生墜樓意外時，警方已針對中町由希子做粗略調查。根據該調查報告，中町由希子雖然只是平凡年輕女子，卻有著命運多舛的人生。

四年前，由希子從故鄉的短期大學畢業，進入現在的公司。當時任職於資材部。到這個時期爲止，由希子的人生還算是一帆風順。

但一年後，由希子遇上第一起不幸。她的母親罹癌過世。由於父親在她年紀還小時就已過世，且她沒有兄弟姊妹，母親的死令她變得舉目無親。

即使如此，她還是熬過了這段時期。因爲她在職場上認識了一個名叫中町洋一的同事。洋一在各方面都給她莫大的鼓舞。平常個性內向的她，在洋一面前不僅變得愛說話，臉上常掛著笑容。在去年秋天，她與洋一結成連理，當時她二十三歲。

接下來半年，可說是由希子人生中最幸福的時光。大家都說由希子剛結婚那陣子整個人變得漂亮許多。西岡在蒐集證詞的過程中，常聽人提起這件事。

但正如同前述，這段幸福時光只維持半年。今年五月，洋一死於車禍。當時下雨天，洋一在轉彎時方向盤打得太慢，車子撞上了電線桿。

喪夫之痛讓由希子再也無法振作。整整兩星期，由希子沒到公司上班。公司考量她的狀況，幫她安排一個新部門，那就是現在的購買部材料課。

「她丈夫的車禍，有沒有什麼可疑之處?」

田宮讀完報告書，抬頭問身旁的西岡。

「我確認過了，沒有什麼疑點，可惜中町洋一的屍體沒有進行解剖。」

「中町洋一跟安部、佐野這兩個人有沒有什麼特殊的關係？」

「這點我徹底調查過了，中町跟他們兩人毫無交集。」

「唉，我眞是一點頭緒也沒有了。」

田宮將雙手交握在後腦杓，打了個大大的呵欠。

「不過，後來我還查到了一件事，那就是她曾經流產。」

「什麼？流產？」

呵欠打到一半，田宮猛然止住。

「是啊，中町由希子曾經流產，就在上個月。」西岡又重複了一次。

「把詳情告訴我。」田宮在椅子上挺直了腰桿。

根據西岡的調查，中町由希子在上個月的月初曾請了十天的病假。若加星期六、日，她共休息兩星期。病假單上記載，她在半夜突然感到腹痛，緊急叫救護車，住進醫院。

「檢查之下，發現流產了？」

「沒錯。」西岡不疾不徐地說道：「負責醫師說那是她亡夫的遺腹子，原本是她活下去的唯一動力。如今孩子也沒了，她好幾天精神耗弱，連醫師也束手無策。」

「遇上這種事，眞虧她還能重新打起精神。」

「聽說過了七、八天，她終於恢復冷靜。」

「懷孕跟流產的事，公司的人應該都知道吧？」

「當然。聽說她出院之後，有陣子公司只派她做一些輕鬆的工作。」

田宮撇嘴沉吟道：

「問題就在這些跟命案有何關聯。」

「目前完全找不出相關性。雖然失去孩子令她徹底絕望，但這跟安部及佐野一點關係也沒有。」

「嗯……」

田宮起身望向窗外。眼前浮現中町由希子鬱鬱寡歡的臉孔。失去深愛的丈夫，又失去遺腹子，那悲傷的程度恐怕不是外人可以體會。

8

佐野車禍身亡已過三天，材料課依然籠罩在一片陰鬱。除了課內死兩個人，還不知何處傳出材料課有殺人魔的謠言，在公司內無聲無息地迅速擴散。公司規定每個職員都必須配戴印著單位名稱的胸章，有些人光是看到購買部材料課的胸章就會露出古怪表情。

在這樣的氛圍下，材料課職員當然都不想在公司久留，導致這陣子材料課的加班時數大幅減少。

這天，森田也是一到下班時間便離開辦公室。不過他的理由與別人不一樣。

森田走出公司，不一會便追趕上中町由希子。由希子一見到森田，頓時有些慌張。

「我發現一家咖啡廳，絕對不用擔心遇上公司裡的人。」森田觀察周遭動靜，低聲說道：「我們去那裡談上次的話題吧。」

「我有點急事……」

「不會耽誤妳太多時間。」

由希子聽森田這麼說，只能低聲應一句「好吧」。

兩人走了大約十分鐘，便抵達森田說的咖啡廳。那是一家相當專業的咖啡廳，店內採光偏暗，而且一如森田預期，店裡一張熟面孔也沒有。由希子雖然還年輕，畢竟是個寡婦，而且離丈夫去世只過四個月。森田以這種半強迫的方式帶由希子進咖啡廳，如果被公司高層知道，一定會遭受警告。

森田還沒開口說話就先點一根香菸，抽掉了半根。由希子在這段期間一直低頭不語，兩眼半開半闔。臉頰的輪廓清晰地浮現在昏暗的光線中。

「我知道這麼做是強人所難……」森田將菸蒂拿到菸灰缸裡捻熄，又掏出第二根。

「但我實在等不下去了。何況我連要等多久都不知道。一年？還是兩年？」

由希子面露微笑，將頭微微偏向一邊道：

「現在的我……完全還沒有這麼做的心理準備。」

「這我知道，但妳不用想得太複雜，放空心思，試著跟我交往看看就行了，好嗎？」

「可是……」

「妳放心，我會盡量不讓任何人發現我們的關係。」

「……」

由希子沉默不語，但神情不帶怒意，似乎只是被森田的猛烈追求搞得哭笑不得。她的嘴角依然帶著笑意，雙眸注視著斜下方。

兩人離開咖啡廳後，森田堅持要送由希子回家，由希子也沒強硬拒絕。這讓森田感覺自己雖然沒得到善意回應，卻也不是全無希望。

自從由希子轉調到現在的單位，森田便對由希子深深著迷。由希子雖稱不上大美女，卻有一種樸素的魅力。森田過去只與打扮得花枝招展的女人交往過，因此由希子的樸素之美在森田的眼裡充滿新鮮感。

森田完全不介意由希子是個寡婦。反而是上個月的流產風波，帶給森田更大的打擊。那起事件讓森田感覺由希子的亡夫靈魂彷彿依然緊緊抓著她不肯放手。

由希子來到一棟風格洗鍊的兩層樓公寓前，驀然停下腳步。狹小的停車場上，有一道高高瘦瘦的人影。那人影朝由希子走近，不一會便來到路燈下，燈光照亮臉孔。原來是一名少年，雖然身高頗高，容貌卻帶著稚氣。少年手上拎著一個大提袋。

「阿伸，對不起。」由希子道：「我辦點事情，回來晚了。你等很久嗎？」

少年搖了搖頭，遞出大提袋。由希子伸手接過道：

「好，你要加油喲。」

少年對著由希子輕輕點頭，接著朝森田瞥一眼。但他似乎完全不把森田放在眼裡，只是禮貌性微微頷首，便走過森田的身旁，消失在夜晚的道路上。

「他是我過世先生的弟弟，現在就讀高中夜間部一年級。白天他在汽車修理廠工作，晚上就睡在工廠裡。每個星期他都會跟我見一面，把髒衣服拿給我。」由希子望著少年消失的黑暗空間道。

「妳還得幫他洗衣服？」

森田的語氣中帶著強烈不滿，但由希子沒理會，說一句「再見」便走向公寓。

9

等待部下完成報告的過程中，田宮一直眺望著窗外。驀然間，前方的景象吸引了田宮的目光。對面建築物的窗戶內，有個人竟然站在靠近窗邊的矮凳上。由於窗戶呈關閉狀態，不太可能發生墜樓意外，否則實在相當危險。

對面的那個人跳下矮凳，手上拿著一塊類似匾額的東西。原來那個人是取下掛在窗戶上方的匾額。

田宮目睹了這一幕，心裡突然產生一個念頭。

「喂！」田宮將西岡叫了過來。「要把站在地板上的人推出窗外確實不容易，但如果窗邊有張椅子，人站在椅子上，那就一點也不難吧？」

「什麼？」西岡一時傻住了。

「假設死者站在這上頭。」

田宮將一張椅子搬到窗邊。

「那確實一點也不難，但有誰會沒事站在窗邊的椅子上？」西岡說道。

「當然有事才這麼做。不是常有人在窗戶跟天花板之間的牆壁上掛匾額或貼標語嗎？

要做這件事，就得在窗邊擺個墊腳的東西站上去。」

西岡皺起眉頭，手指按著太陽穴，似乎在想像情境。

「你的意思是說，安部可能想在窗戶上方貼標語？」

「沒錯，而且那標語是這樣的……『吸菸過量有害健康』。」

「你怎麼知道？」

「那天垃圾桶裡有張紙上就寫著這麼一句話。我猜當時安部想將那張紙貼在窗戶上方，站上椅子。凶手慢慢靠近，趁安部不注意時打開窗戶，然後……」

田宮將雙手手掌往前推出。

「使盡渾身力氣向前一推，站在椅子上的安部失去平衡，就這麼摔出窗外。在那一瞬間，腦袋在上方的窗框撞一下，似乎很合理。」

「原來如此，還有這一招。」西岡頻頻點頭，露出佩服的表情。

「但這個計謀要得逞，凶手必須是安部非常信任的人。如果原本不該出現的人出現在身旁，安部當然會提高警覺。」

「這我明白，凶手一定是當時理所當然在安部身邊的人。」

「沒錯……」田宮頓了一下，接著道：「這麼一來，就只剩動機了。」

「關於動機，我想到一個可能。中町由希子的流產，眞的跟安部及佐野無關嗎？」

西岡若有深意地道。

「什麼意思？難不成這兩件事之間有什麼牽連？」

「到底有沒有牽連，沒人知道，問題的關鍵在中町由希子本人怎麼想。這讓我想起最近在報紙上讀到一則新聞。」

「別賣關子了，你到底想說什麼？」田宮苦笑著問。

「田宮哥，這靈感還是你給我的。」西岡指著窗戶：「就是那張標語。」

10

每天到午休時間，大部分職員都會前往員工餐廳吃飯。但森田知道中町由希子有時會自己帶便當，例如今天。

同事們都走光後，森田起身走向由希子。由希子的午餐裝在黃色塑膠盒裡。

「看起來眞美味。」

由希子拿著筷子愣愣地看了一會自己的便當，抬頭問道：

「你不去員工餐廳？」

「今天有點事。」

森田走向由希子後的窗戶，低頭望著樓下。實在不敢相信前幾天才有人從這裡摔落。

「要不要找一天一起吃飯？我們每次見面時間都那麼短，只能聊兩、三句話，要怎麼培養感情？我知道一家不錯的店，不用擔心被人撞見，相信妳一定會滿意。」

「不行，我不能這麼做。」

由希子放下筷子垂首道。

「爲什麼不行？妳覺得太快了嗎？不過是早一點跟晚一點，有什麼差別？如果妳是不想跟我出去吃飯，可以明說沒關係。」

森田凝視由希子的臉，等待答案。

由希子沉默半晌，似乎終於下定決心，抬頭看著森田的眼睛道：

「一定要出去吃飯嗎？」

「我想跟妳好好聊一聊，妳別想太多。畢竟在咖啡廳裡沒辦法眞正放鬆。」

「我不是那個意思。」由希子搖搖頭。「比起出去吃飯，我更希望去你的房間，更能放鬆心情。」

森田一時愣住，無法理解由希子的意思，但下一秒立即眉開眼笑，將手搭在由希子的肩膀上。

「妳願意來，我當然歡迎。我房間有點髒，今晚會趕緊打掃乾淨，妳打算什麼時候來？」

「都可以。」

「好，那就明天。我們約七點，在上次那間咖啡廳碰面，好嗎？」

由希子輕輕點頭。森田彈一下手指道：

「太好了，明天肯定是最美好的一天。」

「但是……」由希子表情嚴峻，與森田的樂不可支形成強烈對比。「你絕對不能把這件事說出去。如果你告訴任何人，我就不再跟你見面。」

由希子的口氣異常嚴厲，森田受到震懾，緊張道：

「我知道，我保證不會說出去。」

11

田宮與西岡前往當初由希子流產時所住的醫院，與負責爲由希子治療的醫師見了一面。那醫師的五官輪廓頗深，表情堅定沉著，一看就知道是有過人判斷力的醫師。

田宮首先詢問由希子流產時的詳細狀況，醫師的回答跟當初西岡說的一模一樣。

「醫生，請問你是否向她說明過流產的原因？」田宮接著問。

「我只舉例一般常見的原因，沒說得很詳細。畢竟她當時相當沮喪，比起追究原因，更重要是接下來的規劃。站在醫生的立場，未來比過去重要得多。」

「原來如此。聽說她當時處於精神耗弱的狀，是眞的嗎？」

「是啊，眞是可憐。」

醫師似乎回想起當時狀況，忍不住輕輕搖頭，雙眉微微下垂。

「但她後來終於恢復冷靜吧？到底是什麼理由，讓她重新打起精神？」田宮問。

醫師將雙手交叉在胸前道：

「當她得知自己流產時，一度像發了狂，反覆說著對不起死去的丈夫。後來她得知流產不是自己的錯，似乎才鬆口氣。但這算不算理由，我也說不上來。」

「她親口說過……流產不是自己的錯？」

「對，我記得她這麼說過……」醫師說道。

田宮將身體往前湊問道：

「醫生，還有一點……她有沒有問過你這樣的問題——」

田宮一回到搜查本部，立即命令屬下員警打電話到A食品公司，以有急事商量爲由，將森田叫出來。但電話另一頭的職員卻說沒辦法轉告森田，因爲下班鈴聲一響，森田就匆匆離開了。

「森田還說，家裡有重要的客人要來，客人身分是最高機密。」員警轉述職員的話。

「重要的客人？最高機密？」

田宮的心中有不好的預感，趕緊要員警詢問中町由希子還在不在公司，員警照著指示問了，但馬上朝田宮搖搖頭道：

「她也是一下班就回家了。」

「這下可不妙了。」田宮咬著嘴唇道：「喂，立刻趕往森田的家！」

12

「你眞的沒告訴任何人？」

由希子到公寓門口，惴惴不安地問。同樣的問題，她已問好幾次。自從昨天答應要來森田的公寓後，她便一再向森田確認這一點。

森田沒對任何人說出這個祕密，一來是因爲能夠理解由希子不希望戀情曝光的心情，二來這也不是什麼值得炫耀的大事。

「妳放心吧，這件事只有妳跟我知道。」

森田對著由希子道。由希子戴著深色墨鏡，頭上戴著一頂白色帽子。這棟公寓裡沒人認識由希子，她卻說什麼也不肯取下墨鏡及帽子。不僅如此，她此時身上的服裝也與今天穿到公司上班的服裝不同。

森田住處是一房一廳，進門左手邊就是寢室。森田進寢室換衣服，回到客廳時，由希子已泡好咖啡。

森田幫忙將咖啡端至沙發旁的矮桌，旋即坐在沙發上，由希子跟著在旁邊坐下。

「我一直希望像這樣跟妳一起坐著聊天。」

森田一面說，一面啜一口咖啡。由希子拿起桌上的萬寶路牌香菸遞給森田，森田抽出一根叼在嘴裡，由希子立即拿起身旁的打火機，在香菸上點火。

森田覺得這根菸抽起來特別香甜。

「聊什麼好？」

「我看……」由希子指著森田的嘴說道：「不如就聊香菸吧。」

「菸草是一年生的草本作物……」

森田朝天花板吐一口煙霧。

「它能夠製成世上最棒的娛樂品，但吸多會變成尤．伯連納。」

「電影明星的尤．伯連納？」

「他死於肺癌。」

森田說完後喝一口咖啡，又抽一口菸。

「你呢？你會不會得肺癌？」由希子問。

「不會。我相信不會。」

森田接著聊起自己往事。學生時期參加冰上曲棍球隊，努力想要增加體重，有一次想要射門卻整個人撞進球門……

說到這裡，森田突然覺得好睏。

眼睛周圍開始發熱，眼皮好沉重，連坐著的力氣也沒有了。

「這是……怎麼回事……」

森田忍不住想要仰靠在由希子身上，但還沒碰到由希子的身體，她已站起來。隨時會閉上的雙眼，依稀看見由希子正俯視著自己。

爲什麼她會露出那種表情？森田剛浮現這個疑問，雙眼就完全闔上。

13

「終於成功了，一切都結束了。」

「是啊，結束了，一切都結束了。沒想到這麼順利。」
「沒錯，現在我們終於能睡覺了。終於能好好睡一覺了。」
「對，我們不必再感到痛苦。那些殺人魔都已經死了，墜落地獄了。」
「我說得沒錯吧。警察什麼也查不出來。那些人根本什麼也不懂。」
「你說得對，我們不會受到懲罰，就連神明也站在我們這邊。」
「站在我們這邊……站在我們這邊……」

14

強烈的撞擊讓森田睜開雙眼。首先映入眼簾的是凶神惡煞般的男人臉孔。這副景象讓森田一瞬間完全清醒。
「你終於醒了。」男人說道。
仔細一瞧，這男人是上次見過面的刑警。如果沒記錯的話，他姓西岡。
森田坐起上半身，頭部隱隱發疼，剛剛似乎被賞好幾個耳光。
「由希子呢？」
森田左右張望問道。窗戶及大門都被打開，而且除了西岡，還有好幾個陌生男人在家裡走來走去。

「由希子呢？」

森田又問一次。西岡按著森田肩膀，面色凝重地道：

「她現在應該在她家，而且馬上就會遭到逮捕。」

「爲什麼？」森田錯愕地瞪大眼。

「罪名是殺人及殺人未遂，你不知道自己差點沒命？」

「不可能吧……」

「眞的。她騙你喝下安眠藥，拔開瓦斯管後逃走了。你該慶幸她對瓦斯一無所知，她不知道都市裡供應的天然瓦斯並不會讓人一氧化碳中毒。」

「不會吧，爲什麼她要……你們知道她要殺我的理由？」

「算知道吧……我現在就向你解釋，但你多半不會相信。」西岡說道。

15

田宮等人奔進由希子所住的公寓時，發現她家門口站一個人。那是個瘦瘦高高的少年，身上穿著黑色T恤，手上拿著一個大提袋。

少年一看見田宮等人，神情哀戚地搖搖頭，彷彿已明白一切。

「你是誰？」田宮問。

「我叫中町伸治。」少年低頭行了一禮。

「啊，你是那個過世丈夫的……但你怎麼會站在這裡？」

「我帶要洗的髒衣服。」伸治舉起大袋子。「我不放心，常常來探望嫂嫂。」

「不放心？什麼意思？」田宮皺眉問道。

伸治沒有回答這個問題，反而拋出另一個問題：

「你們是來逮捕嫂嫂的嗎？」

少年的聲音微微顫抖。田宮有些吃驚，點頭道：

「你都知道？」

「細節並不清楚……但我猜得到是嫂嫂幹的。」

「你知道她爲什麼要這麼做？」

少年低下頭說：

「哥哥死了，嫂嫂非常難過，她後來能恢復精神，全是因爲發現懷了哥哥的孩子。嫂嫂對我說，她要跟這個孩子相依爲命活下去……沒想到孩子竟然流產。自從流產後，嫂嫂就變得有些不對勁。有時會發呆，有時會突然大哭，而且變得很不愛講話。有一天，嫂嫂對我說，她知道孩子爲什麼會死掉了。她說她上班的地方，很多人都在抽菸，孕婦待在那樣的環境裡當然會流產。」

少年嚥了口唾沫道：

「她還說一定要報仇……我第一次看到她露出那麼可怕的表情。」

田宮見伸治的身體微微顫抖，手放在他的肩膀上說：

「好，我都明白了，剩下就交給我們警察來處理吧。」

伸治這時突然抬起頭，眼神帶著哀求。

「刑警先生！」

「怎麼？」

「刑警先生，我在書上讀過，犯罪的人如果精神異常就能減輕刑罰，是眞的嗎？」

「話是這麼說沒錯，但能不能適用在你嫂嫂身上……」

「你知道我爲什麼會站在這裡嗎？」

田宮凝視少年，搖頭說道：「不知道。」

「我常常像這樣站在這裡，等嫂嫂把那個東西哄睡。」

「把誰哄睡？」

「請你從這裡偷偷瞧一瞧裡頭，聽聽裡頭的聲音。」

伸治將廚房的窗戶拉開一道縫隙，讓出自己所站的位置。田宮照著做了。

從窗戶縫隙中可看見由希子坐在廚房對面的房間裡。她抱著一個嬰兒人偶，嘴裡不停呢喃。

「已經不需再擔心了，對吧？沒錯，已經沒什麼要擔心的事了。妨礙我出生的傢伙都消失了。對，那些傢伙都消失了，所以你快睡，今晚好好睡一覺吧。媽媽，謝謝妳。爲什麼你要跟媽媽道謝？媽媽可什麼都沒有做。全都是你做的。是你把那些人殺了，媽媽只是在旁邊看而已。媽媽，我想聽搖籃曲。好，媽媽唱給你聽。我們一起唱吧……」

再見了，教練

1

剛開始畫面上一個人也沒有。下一秒，直美從左側走過來。

直美走到牆邊的長板凳坐下，正眼面對著鏡頭。臉上一如往常不施脂粉，只塗淡淡的口紅。由於背景是白色牆壁，小麥色肌膚更加醒目。一頭短髮底下露出了耳朵，耳垂上戴著一對紅珊瑚耳環。

直美眨了眨眼睛，雙唇微微顫動。接著她深吸一口氣，神情驟然變得格外凝重。

「教練……我覺得好累……」這是直美脫口而出的第一句話。

她再度沉默不語，右手貼在制服的胸口，輕輕閉上雙眼，似乎在調整呼吸。

這個動作維持數秒鐘之久，接下來她緩緩張開雙眼，但右手手掌依然貼著胸前。

「像這樣的事情，已經發生了好幾次，對吧？每當我快要撐不下去，教練就會跟我說……加油，熬過這陣子就行了……」直美搖搖頭道：「但這次真的不行了。我原本就不是那麼堅強的人。我沒辦法再繼續加油，沒辦法再熬過這陣子了。」

直美將視線往下移，雙手手掌搓揉，似乎在思考下一句話該說些什麼。

「教練，你還記得從前的事嗎？」

直美低著頭說出這句話，重新將頭抬起。

「我狀況最好的那陣子，隊員除了我之外還有其他人。中野小姐、岡村小姐也都還在。但她們現在都成了專心帶孩子的母親。體育選手引退後回到原單位，畢竟沒辦法適應職場環境，聽說大家都馬上辭掉工作了……」

直美說到這裡，抓了抓頭髮。

「我想說從前的往事，怎麼扯到這些事情上。」

直美的臉上帶著寂寞的苦笑。

「教練，你還記得嗎？我的三十公尺成績差點破了日本紀錄呢。那是日本錦標賽的最後一天，我的分數一直很不錯，有希望獲得優勝。我當時緊張得兩腿發軟，根本沒辦法瞄準。剩下六箭左右時，我甚至感覺手臂開始跟心臟一起抖動……當時教練像這樣抓起我的手，對我說……」

直美雙手手掌合在一起，宛如裡頭包覆著珍貴的寶物。

「不用怕，我就在妳的背後……我的眼裡只有妳……妳不要管別人，當作是射給我看，表現出妳最好的一面……別管這座競技場有多大，這裡就只有妳跟我……」

直美說到這裡重重嘆口氣，陷入沉默。她微微低著頭，身體一動也不動，半晌後道：

「那些話眞的給了我很大的勇氣。」

直美再度凝視鏡頭。

「接下來幾箭，我幾乎沒有失誤……我的分數追上第一名，最後一箭如果能拿到十分，我就破了日本紀錄。但那最後一箭，我只拿到九分。教練，不知道你當時有沒有察覺，我在射最後一箭時，完全沒有發抖。在那之前，我一直自怨自艾，認爲雙手如果沒有發抖，我一定能表現得更好。沒想到那最後一箭，我的手完全不抖了，卻還是只拿九分。如今回想起來，我很清楚那時我的手爲什麼不抖了。因爲我感到非常幸福，就好像眞的置身在只有我跟教練兩個人的世界，比賽什麼的對我來說都不重要了。所以我不再害怕，身體當然不顫抖了。但是……教練，我還是沒有贏。因爲那一分之差，我什麼也沒得到。」

直美一鼓作氣說到這裡，稍微停頓一下，舔了舔嘴唇。

「教練，那場比賽雖然最後沒有贏，但我很滿足。對我來說，那是這輩子最棒的一場比賽，也是我人生中最燦爛的一天。比賽結束後，教練來到我身邊，說我表現得很好，還笑著說最後一箭沒射好才符合我的風格。教練，那實在不像是你會開的玩笑……」

直美說到這裡，突然不再說下去。她低下頭，雙手在膝蓋上緊緊握拳，肩膀微微抖動。她沒有再將頭抬起來，維持著這個姿勢道：

「教練，那段時期眞的很快樂。公司很滿意我的成績，大幅增加射箭隊的預算，宣傳部長還親自來看我練習。大家都眞心爲我加油，要我接下來以參加奧運爲目標。」

直美抬起頭來時，眼眶又紅又腫。一眨眼，兩道淚水滑過臉頰。她沒有拭淚，緩緩轉動脖子朝左右看了兩眼。

「這裡變得好冷清。以前有那麼多隊員，現在只剩我一個，我實在不知道爲什麼變成這樣。」

直美伸出左手，拿起身旁一個看起來像鬧鐘的物體。那是一座定時裝置，上頭連接著兩條電線，電線另一端竟然延伸進直美制服內側。她將定時裝置的面板轉向鏡頭。

「現在是三點半，再過一個小時，定時裝置就會自動讓電線通電，電流會從這裡進入……」

直美指著自己的胸口。

「電線分別貼在我的胸口及背後。只要一通電，我就能死得毫無痛苦。我現在要吃下安眠藥，一旦睡著後，我就不會再醒來了。」

她一手拿起身旁的杯子，一手拿起杯子旁邊的藥丸。接著她將藥丸放入口中，喝一口水。她的表情在那一瞬間微微扭曲，或許因爲藥丸通過喉嚨時產生不舒服感。

她輕輕吁一口氣放下杯子，上半身靠在牆壁上。

「再見了，教練。」

直美細語呢喃。

「能跟教練一起度過這段時間，我很幸福。我一點也不後悔，只是有點累了……再見了，教練，我活得很快樂。」

直美閉上雙眼。她依然坐在長板凳上面對鏡頭。不知過幾分鐘，她輕輕躺下來。時間繼續一分一秒流逝。

驀然，畫面消失了。

「原來如此。」

轄區警署的刑警關掉電視螢幕。這個刑警年紀約莫比我大五歲，嘴邊留著鬍子，但由於修剪得整整齊齊，因此並不給人骯髒的感覺。臉孔瘦削，有一對圓滾滾的眼睛，更帶給人一種性情溫和的印象。

「看來是計劃好的自殺。話說回來，這年頭自殺者竟然會拍下臨死前的影片……看來時代在變，遺書的形式也跟著改變。」

刑警一面嘖嘖稱奇，一面操作按鈕，將錄影帶倒帶。

「我實在不敢相信她會自殺。」我說道。

「看這錄影帶，不相信也不行。」

留著鬍子的刑警微微歪著腦袋，看著眼前的錄放影機。我點點頭，將視線移向旁邊的牆壁。牆邊擺著一張長板凳，影片裡的直美就坐在那上頭，但如今直美不在了，取而代之的是忙進忙出的一群警察。

三十分鐘前，直美都還躺在那張長板凳上。

「她是用這臺攝影機拍吧。」

刑警起身走向攝影機。那臺攝影機裝設在三腳架上，放置在房間中央。

「操縱方法很簡單？」刑警問。

「很簡單。」

我依然坐在錄放影機前面，並沒跟著移動。

「望月小姐很熟悉這臺攝影機的用法？」

「平常都是我拿來拍她，她不曾自己用過。但用法很簡單，任何人都能馬上學會。」

「噢……」

刑警將眼睛湊向攝影機的取景框，但此時並未開啓電源，應該什麼也看不見。

鬍子刑警將臉移開，表情帶著些許不滿。他輕咳一聲，走回我身邊道：

「我再確認一次。你進來這裡的時間是下午五點左右，對吧？」

「對。」

「門有沒有上鎖？」

「有。」

「你如何將鎖打開？」

「我有鑰匙。」

我從口袋掏出一串鑰匙，捻起其中一根，舉到刑警面前。刑警仔細瞧一會道：

「當你進來時，發現望月小姐躺在這張長板凳上？」

這些問題我剛剛都回答過了，這次我只是輕輕點頭。刑警也以點頭回應我，接著道：

「當時的狀況，你一看就知道是自殺？」

刑警口中的「當時狀況」，指的是直美躺著不動，身上連著電線，而電線接上定時裝置，接著通往房內插座。

我有氣無力地搖頭道：

「第一眼看到時，我根本不知道發生什麼事，還以爲她在睡午覺。」

刑警默默看著我，表情似乎在說「我想也是」。

「但我馬上就察覺定時裝置的意義，趕緊將電線從插座上拔掉，接著搖晃她的身體……」

我不再繼續說。這些話說再多也沒任何意義。

「接著你就報警了？」

鬍子刑警以下巴比了比放在房間角落的電話。

「對。」我回答。

「你早就發現攝影機？」

「一進來就發現了，因爲攝影機平常不會擺在那種地方。通報警察跟公司後，我好奇地播放裡頭的錄影帶，結果……」

「看到望月小姐去世前拍下的影片？」

「對……」

刑警搓著自己的鬍子，思索半晌，忽然停下動作問：

「電線跟定時裝置原本都放在休息室裡？」

「定時裝置是房裡的東西。冬天我們會以定時裝置控制電暖爐，這樣一來，練習一結束馬上就能進溫暖的休息室。不過最近我們覺得這麼做有點危險，很久沒拿出來用了。」

「那電線呢？」

「不知道哪裡來的。」

「望月小姐爲什麼想出這種自殺方式？就你所知，有什麼特別的理由嗎？」

「這個嘛……我就不清楚了……」

我歪著腦袋道。仔細想想確實有些古怪。她怎麼會想到要這麼做？

「那安眠藥呢？望月小姐的安眠藥是怎麼來的？」

「她本來就常吃安眠藥……」

「常吃安眠藥？有什麼特別的理由嗎？」刑警詫異地皺起了眉頭。

「重要比賽的前一天，她常常緊張得睡不著，只好吃安眠藥。不過較大型的比賽都會檢查藥物反應，所以我常叫她別吃。」

「原來如此……」

刑警點點頭，再次環顧室內，最後一臉感慨地望著我道：

「關於自殺的原因，你心裡有底嗎？」

2

望月直美打從學生時期，就是頗有名氣的射箭選手。雖然從未在比賽獲得優勝，但成績起伏不大，在大部分比賽中都能獲得不錯的名次。

她剛進我們公司時，射箭隊相當活躍，擁有不少知名選手，其中更不乏國家代表隊成員。當時我也是隊員之一。

但那已經是八年前了。

這期間歷經了不少風風雨雨。正如同直美在影片中說的，射箭隊曾因她的優異表現而變聲名大噪。那確實是最美好的時期。但之後，射箭隊便開始走下坡。

包含我在內，許多選手都引退了，射箭隊遲遲等不到有實力的新人。當時某大型企業不斷挖角優秀選手，我們公司在企業裡只算中小規模，根本不會有新人想要進來。射箭隊得不到新血，正式比賽成績當然不理想，如此一來公司就會刪減年度預算，這在職業體壇可說是無可避免的宿命。

三年前，射箭隊包含直美在內共三名隊員，但不久後就剩直美一人。公司曾數次研議解散射箭隊，但射箭隊還是苟延殘喘地存活下來，因爲直美的實力有機會代表國家參加奧運比賽。若能順利參加奧運，就能打響公司的知名度。

前幾天，相關單位舉辦奧運代表隊的選拔賽。不僅公司對直美寄予厚望，直美本人也把這場比賽視爲最後賭注。二十至三十歲的青春年華幾乎全耗費在射箭上，如今的她沒有「下一個機會」了。

但正式上場時，她卻失誤連連。追究原因並沒太大意義。射箭這種運動很容易受精神狀態影響，表現突然陷入低潮可說一點也不稀奇。只能說她運氣不好，在最重要的比賽中發生這種狀況。

她就這麼失去最後的機會。

「所以……」刑警問：「望月小姐感到失去希望，決定自我了斷生命？」

「或許……自從選拔賽後，她就一直很沮喪。」

「但望月小姐不是才三十歲嗎？就算等到下一次奧運，她也才三十四歲。雖然我對射箭這種運動不太瞭解，但總覺得把這次當成最後機會，有些想得太嚴重了。」刑警一臉納悶地道。

「問題沒那麼單純。」我淡淡道：「她爲了這次的選拔賽，可說是盡一切努力。正因爲把這場比賽視爲最後機會，才能維持鬥志。對她而言，可不是『這次失敗還有下次』這麼簡單。」

「但只不過無法參加奧運就自殺……我實在無法理解那種心情。」

「我相信你無法理解，因爲你不知道她的付出多大。」

刑警愣一下，不知如何回應，接著他摸摸下巴老實說：

「或許你說得對。」

刑警問話終於結束，但接下來我還得煩惱怎麼向公司說明。就某種意義上而言，公司高層恐怕比刑警還難應付。

我走出射箭隊的休息室時，忍不住在門口佇足許久。我緩緩轉動視線，環視休息室裡每個角落。既然直美不在了，射箭隊註定遭到裁撤。一切都將隨著直美的生命一同劃下句點。

直美愛用的弓還掛在牆上。自從選拔賽結束，她就再也沒碰過那把弓了。

我看見一隻蜘蛛爬上那把弓。那隻蜘蛛有著黑黃相間的條紋，體長包含腳在內約四、五公分。我揮手驅趕，那蜘蛛迅速沿著牆壁往上爬，逃進天花板的通風孔內。

3

直美的喪禮舉行於三天後。這天很不巧下起雨，放眼望去只見長長的雨傘隊伍自木造兩層樓建築的門口延伸而出。

直美雙親都還健在，此外還有個小兩歲的弟弟。不過弟弟在結婚後已離家獨立生活，老家只有雙親及直美三人住在一起。

一如心中預期，直美雙親一見到我，臉上皆露出明顯的恨意。

「若沒有沉迷那種東西，直美也不會……」母親用手帕按著幾乎埋在皺紋裡的雙眼，拭去淚水。

「那原本只是娛樂。」父親的口氣雖然平淡，太陽穴卻不住顫動，顯得氣憤。「運動原本只是娛樂，偏偏有人慫恿她參加什麼奧運……」

父親緊緊咬著牙關，似乎在強自壓抑。我什麼話也沒有說，只是朝他們低頭鞠躬。

喪禮結束，我回到自家門口，妻子陽子爲我撒了鹽巴。

「警察打了電話來家裡。」

陽子爲我吊起喪禮用的禮服，一面對我說道。

「警察？」

「是啊，我說你去參加喪禮，對方說晚一點再打來。」

「噢……」

我換上家居服到沙發坐下，心裡想著警察又來找我，難道是發現關於直美的新線索？

「今天參加喪禮還順利嗎？」

陽子端兩杯茶到我身邊坐下。焙茶的香氣朝我飄來。

「沒什麼順不順利，參加喪禮向來是活受罪。」我說道。

「望月小姐的父母一定很難過吧？」

「是啊。」

「他們是不是很恨你？」

我沒回答，只是默默啜著茶。陽子心中有數地低喃：

「這怪不得他們。」

「是啊，這怪不得他們。」我跟著呢喃。「畢竟望月就跟死在我手裡沒兩樣。她好幾次想放棄射箭，是我勸她苦撐到現在。」

陽子聽我這麼說，將頭微微偏向一邊，雙手捧起茶杯說：

「如果換了別人，不知道會不會還是這樣的結果。」

我轉頭望著她問：

「如果換了別人，是什麼意思？」

「指導她的教練呀。如果換了別人，就算再怎麼勸她堅持，她恐怕會放棄吧。其實她愛著你，你應該感覺得出來，不是嗎？」

我嘆口氣，喝乾杯裡的茶道：

「她只是需要心靈上的依靠，我本來以爲自己只要扮演好這個角色就行了。」

「我想你應該給了她很大的幫助。」陽子感慨萬千地道：「而且對她來說，這段日子並非只有痛苦。光能跟你在一起就是一種幸福。現在人都走了，我就老實說吧，其實我曾經有那麼一點嫉妒。」

我默默點頭。雖然這是陽子第一次對我說這種話，但我一點也不意外。

我跟陽子五年前結婚，當時我三十歲，陽子比我小六歲。我們都任職於勞務課，她跟我算同事，但我平時很少進勞務課的辦公室，一整天不是在訓練射箭選手，就是陪著選手參加集訓。

雖然見面機會不多，但我們非常相愛。直到現在，我依然深愛著陽子。我這一生的夢想，就是跟她共組一個和樂融融的家庭。

4

這天晚上七點，突然有刑警來按我家門鈴。除了上次那個鬍子刑警，還多一個年紀不到三十歲的年輕刑警。陽子不想讓警察進家門，我跟著他們到附近的咖啡廳。

「聽說你們公司的射箭隊要解散了？」

三人剛在咖啡廳坐下，鬍子刑警旋即拋出這個令我厭惡的話題。我無奈點頭。

「一個隊員都沒有，還能不解散嗎？」

「這麼說也對。那你現在回到原單位嗎？」

「嗯，昨天回去報到了。」

我在原單位畢竟只是掛名，上司及同事們對我的態度都相當冷淡。我過陣子應該就會被調到其它單位，但這種事當然不必告訴刑警。

「原來如此，應該會辛苦一陣子。」

刑警點了根菸，慢條斯理地吸一口。旁邊的年輕刑警直盯著我，眼神充滿挑釁的意味。我實在不曉得這些刑警們的葫蘆裡在賣什麼藥。

「對了，關於上次那捲錄影帶……」刑警將菸灰彈進菸灰缸道：「我發現疑點。」

「什麼疑點？」

「說起來其實沒什麼大不了……」刑警又吐了一口煙道：「那影片最後，望月小姐躺了下來，過一會影片就結束了。我實在想不通，爲什麼影片不會一直拍攝下去，直到用完整捲錄影帶？」

「噢，那應該是因爲使用自動停止功能。只要設定好要在錄影帶的哪個位置停止攝影，攝影機到那裡就會自動停止。」

「嗯，好像是這樣。」

刑警說得泰然自若。我一愣問：

「既然你也知道是這樣，那還有什麼疑問？」

「這不是做不做得到的問題。我們研究過放置在休息室裡的攝影機，知道如何攝影到一半自動停止。我的疑問在爲什麼望月小姐要這麼做？爲什麼她要故意讓攝影在中途停止？如果她把那影片當成遺書，說得明白點，不是應該拍下死亡的瞬間才有意義嗎？更何況一個想要尋死的人，怎麼會刻意做那種麻煩的設定？」

我搖頭道：

「我也不知道她爲何這麼做。或許她只是不想讓人看到自己斷氣的過程。」

「嗯，這也不無可能。」刑警點點頭。

「請問你到底想說什麼？難道你認爲望月的死因並不單純？」我問道。

刑警將菸夾在指尖，有些慌張地搖手道：

「我只是確認一下。畢竟幹我們這行的，若沒把所有疑點想個一清二楚，心頭就像有疙瘩。對了……請問望月小姐有沒有男朋友？」

刑警突然改變話題。我啜一口咖啡，重新將視線移回刑警的臉上道：

「沒聽說過，但我想她應該沒時間交男朋友。」

「弓箭就是她的男朋友，對吧？」

刑警用了個陳腐的說法。我選擇保持沉默。

「我們問一位射箭隊的前隊員……」刑警看著筆記本道：「對方說望月小姐偷偷暗戀著你。老實說，我們在看影片時，都隱約有這種感覺。」

刑警吊著一對眼珠朝我打量，似乎在觀察我的反應。

我嘆口氣道：

「若說我沒察覺她的心意，那是騙人的。但我跟她的關係就只是教練跟選手。更何況我已經有家室了。」

「原來如此，你跟一個暗戀自己的異性朝夕相處，卻又要謹守教練跟選手的關係，那種感覺一定挺不好受吧？」

「這沒什麼大不了。」

我皺起眉頭，將心中的不悅表現在臉上。

鬍子刑警以一對若有深意的雙眸觀察著我的反應。年輕刑警一直沒開口，眼睛卻依然惡狠狠地盯著我。我不禁想直接了當地問他們到底想幹什麼。

「能再耽誤你一點時間嗎？」鬍子刑警看一眼手表說：「現在是七點半，只要再一個小時就行了。」

「這是無所謂，但你們還想問什麼？」

「接下來我們要問的，才是最重要的問題。」

年輕刑警突然開口。或許是他剛剛一直自我壓抑，這句話有些咄咄逼人。

「我們換個地方吧。到那裡比較好解釋。」鬍子刑警起身。

「到哪裡？」

「還需要問嗎？當然是望月小姐過世的射箭隊休息室。」刑警道。

5

休息室依然維持著數天前警察剛勘驗完的狀態。直美躺過的那張長板凳也還擺在牆邊。但攝影機似乎被警察拿走了，房間中央剩一座三腳架。

「眞虧望月直美小姐想得出這麼古怪的事情。」鬍子刑警一屁股坐在長板凳上，翹起二郎腿。「我指拿影片當遺書。你認爲她爲什麼會想出這樣古怪的做法？」

「不清楚……」

「你不知道理由？」

「爲什麼你認爲我該知道理由？」

「你沒問過望月小姐？」

我愣愣地看著滿臉鬍子的刑警。這顯然是玩笑話，但他的口氣一點都不像在開玩笑。

「一個已經過世的人，要怎麼回答我的問題？」

「我指的當然是在過世前。」

刑警交換左右腳的位置。

「是這樣的，有一位證人跟我們提到關於望月小姐拿影片當遺書的事。那位證人叫田邊純子，你應該還記得她吧？」

「田邊？啊……」

田邊純子是除直美之外最後離開射箭隊的選手。她練習得很勤快，成績還不錯，可惜一直無法自我突破，最後還是放棄。回想起來，她確實是直美少得可憐的朋友之一。

「去年約這個時期，田邊小姐與望月小姐聊過一次。當時她們的話題就是自殺。」

「自殺？」

「沒錯，似乎是望月小姐偶然間說一句『這陣子好想死』，兩人才談起這個話題。田邊小姐罵她不該說這種傻話，但望月小姐的表情相當認眞。田邊小姐於是問她怎麼了，她的回答是『我覺得好累』。」

我覺得好累……

「望月小姐接著說，如果要自殺的話，會把死亡的瞬間以攝影機拍攝下來，把錄影帶送給心愛的人。如此一來，那個人就絕對不會忘了自己。」

不希望教練把我忘了……

「怎麼了？你的臉色看起來不太好。」

身旁突然響起說話聲。轉頭一看，竟是那年輕的刑警。

「沒什麼……」

我取出手帕，抹去額頭的汗水。今天明明不熱，怎麼會流這麼多汗？

「這些話，望月小姐沒跟你提過？」鬍子刑警問。

「沒有。」

「是嗎？」

刑警站起來，維持著雙手盤胸的姿勢，在休息室內來回走動。年輕的刑警依然悶不吭聲。原本就狹窄的房間，此時更讓我呼吸困難。

刑警驀然停步：

「是這樣的，我們找到望月小姐的日記。」

「噢……？」

我一時不知作何反應，只能愣愣望著刑警嘴角。

「不，嚴格說來那不能稱日記，或許該稱隨手筆記，甚至可以說是塗鴉……望月小姐在練習用計分簿的角落寫了一些字。」

刑警從外套內側口袋掏出幾張摺疊在一起的紙。

「這就是計分簿的影本。上頭這些字確實是望月小姐的筆跡。」

我接下刑警遞來的紙，忐忑不安地攤開一看，雜亂的數字表格旁確實寫著幾句話。

〈我選擇了死亡，因為我已無路可走。但教練發現並阻止了我。教練說我還有希望，我不禁想問，那是什麼樣的希望？〉

我雙手掌心滲出汗水。一抬頭，鬍子刑警取走紙張道：

「能不能請你解釋一下，這是怎麼回事？這張計分表上的日期約是去年這個時期。換句話說，望月小姐去年就曾經自殺，且被你阻止了。」

刑警搖晃手中的紙張，再次坐下。他輕輕擺動手掌，要我快回答這個問題。

我猶豫一下，但明白眼前的狀況不可能再敷衍過去，只好輕咳一聲道：

「沒錯，她去年就自殺過，幸好被我發現，及時阻止她。」

刑警點點頭，似乎很滿意我這個回答。

「為什麼她要自殺？」

「因為沒入選國家代表隊。之前，她就陷入嚴重低潮期，比賽成績慘不忍睹。她心灰意冷時竟又遇上這種事，她才徹底絕望，有了輕生念頭。」

「她用什麼方法自殺？」

「在那裡上吊，不過被我阻止了。」

我指著靠近天花板的數根方木棍道。從前隊員人數眾多時，大家都是把自己的弓掛在這些方木棍上。

「噢……」刑警仰望天花板。「原來去年是上吊。好吧，就當作是上吊。請問她當時有沒有架設攝影機？」

「……攝影機？」

「是啊，我剛剛不是說了嗎？望月小姐想把自殺的畫面拍攝下來。既然如此，她應該會架設攝影機，不是嗎？」

「啊……確實有道理。」

「所以她是放了攝影機，還是沒放？」

刑警凝視著我的眼睛。當初第一眼看見這刑警時，我以爲他性情溫和，如今他給我的感覺截然不同。他的眼神沒有一絲暖意。

「沒放。」我搖頭道。「那時休息室裡沒攝影機，我也不知道爲什麼。」

「是嗎？這可眞是古怪。」

「自殺的時候多半情緒激動，或許忘記放了。」

「你誤會了，我說的古怪不是那個意思。」

鬍子刑警的嘴角微微上揚，露出狡獪的微笑。

我見他又伸進外套口袋裡，內心頓時有股不好的預感。

刑警又取出另一張紙，默默朝我遞來。接下那張紙時，我滿腦子只想著手指絕對不能發抖。

「以頁碼來看，這是剛剛那張下一頁。上頭這兩句話，當然是接續剛剛那張。」

就跟剛剛一樣，這張紙上寫一排字，當然字跡相同。

〈乾脆把那捲錄影帶留下來好了。那是我決意尋死的紀錄。〉

我不禁納悶，爲什麼直美寫下這些話？以我對她的瞭解，她不會做這種事。

「很古怪，對吧？」

刑警對著呆若木雞的我道：

「這兩句話看來，望月小姐確實把自殺過程拍下來，但你怎麼說現場沒攝影機？」

我實在沒想到她會寫下這些話……

「眞的沒有攝影機嗎？」

「……」

「其實有攝影機，而且錄下望月小姐尋死的過程，對吧？還有她尋死的方式不是上吊，對吧？」

「……」

「既然你不願回答，那我們再看一次那捲錄影帶。」

「那捲錄影帶？」

我的聲音在顫抖。

「那還用問嗎？當然是前幾天我們一起看過的那捲。」

鬍子刑警一彈手指，年輕刑警立即敏捷地走向錄放影機，按下播放鍵並打開電視機。

畫面上出現影像。

直美面對著鏡頭。

「教練……我覺得好累……」

她語氣平淡地說著與上次相同的話。這兩個刑警到底在耍什麼詭計，我實在猜不透。

「就是這裡。」

鬍子刑警按下暫停鍵。畫面靜止在直美微微挪動身體的瞬間。這時的她正在說明自殺方法。

「請仔細看望月小姐的袖子底下，是不是有白色的東西？」

畫面中的直美穿白短袖制服，刑警指著她的袖口處道：

「等等還會有更清楚的畫面，不過若沒有仔細看，多半不會察覺。」

刑警按下播放鍵，影像前進一點，他又大喊一聲「就是這裡」，按下暫停鍵。畫面中，直美的袖口微微揚起。

「看清楚了嗎？制服底下的手臂捲著白色的東西。」

直美的手臂上確實有東西，我看清楚那東西是什麼的瞬間，我感覺腋下冒出冷汗。

「這是繃帶。」

刑警炫耀般道：

「眞奇怪，我們發現遺體時，望月小姐左腕並沒繃帶。這到底怎麼一回事？」

教練……

「根據我們的調查，望月小姐今年不曾發生左手臂必須包繃帶的狀況。但就在一年前這個時期，她確實可能包著繃帶。因爲她左肩發炎，聽說還貼好一陣子的痠痛貼布。這件事，你應該很清楚才對。」

教練……

「我就直接了當說吧。這是去年拍的影片。」

再見了，教練……

6

烏雲覆蓋整片天空。潮濕空氣纏繞著皮膚，令人不得不意識到即將到來的梅雨季。

這天我出席一場企業間的教練會議，因此沒辦法陪直美練習。會議結束，我回到體育館，時間已接近四點。

射箭隊的休息室位於體育館的二樓。經過一樓時，我看見籃球隊正在練習。二樓走廊一片安靜。除了射箭隊，壘球隊及排球隊的休息室都在這裡，但各隊的選手們應該都各自忙著練習。

射箭隊的休息室開著燈，但門卻從內側鎖上。我知道直美在換衣服時有鎖門的習慣，所以先敲了敲門。

確認門內無人回應後，我才取出自己的鑰匙，打開門鎖。

走進休息室一看，直美正躺在長板凳上。剛開始我眞的以爲她只是在睡午覺，因爲我聽見她的鼾聲。但當我看見電線自她的制服底下露出，而且連接在定時裝置上時，我豁然明白她的意圖。我趕緊奔向插座，拔下插頭，接著用力搖晃她的身體。

直美微微睜開眼睛看著我，好一會沒有表情，簡直像記不得自己正在做什麼。

「教練……我……」

「爲什麼？」我搖著她的肩膀問：「爲什麼要做這種事？」

「啊……對了……」直美雙眉緊促，按壓著太陽穴，似乎正在強忍著劇烈的頭痛。

「原來我沒死成……被教練阻止了……」

「爲什麼妳要做這種事？人一死，什麼都結束了！」

「是啊，我就是想讓一切結束。」直美漾起微笑。「我已經不想再活下去了。」

「別說這種傻話！只不過沒入選國家代表隊，何必想得這麼嚴重？只要再加點油，要回國家代表隊根本不是難事！」

直美笑著搖搖頭說：

「原因不止這個。我覺得好累……教練……我已經快三十歲了，卻沒有享受過身爲女人的幸福。我什麼也沒做過，什麼也不懂，年紀越來越大，就算變成老太婆，我還是一無所有。」

「有的！妳有的！」

「我有什麼？可別告訴我是回憶。」

「……」

「我們射箭隊快解散了，對吧？我該何去何從？我雖然名義上是公司職員，卻從來沒有實務工作經驗。而且以我現在的實力，其它企業的射箭隊也不會收留我。」

「所以妳更應該振作起來，再一次好好努力。」

「再一次懷抱夢想，再一次夢想破滅……不知不覺所有人都離我而去，我甚至連男朋友也沒有。」

直美在我的懷裡嚎啕大哭。我很清楚單靠口頭安慰對她沒有幫助，因爲她的擔憂絕非杞人憂天。

接著我發現她架設了攝影機。我問她爲什麼要這麼做，她回答：

「我想讓你親眼看見我死去的模樣……」

倦容滿面的直美道：

「因爲我不希望教練把我忘了……」

這天晚上，我帶著直美到街上喝酒。過去我們不曾做過這種事。我很清楚直美對我的感情，因此我一直極力避免私下交遊。

「我想要一個依靠……」

喝得醉醺醺的直美輕輕碰觸我扶著吧檯上的手指。

「我想要體會一下……我也有人可以依靠的感覺……」

我凝視著她那濕潤的雙眸。

一年過去了。那一晚後，我與直美的關係不再是單純的教練與選手。我很清楚這是不自然的狀態。但直美自從與我發生關係後，原本幾乎歇斯底里的精神狀態竟迅速恢復穩定。精神的安定也影響了肉體，她成功恢復從前的技術水準。她在接下來好幾場比賽中屢創佳績，不久便重新獲選爲國家代表隊成員。

她不曾對我提出結婚之類的具體要求，這也是我們關係長久維持的主要原因之一。我一方面享受著這種危險關係，又厚著臉皮告訴自己「這全是爲了她好」。

要結束我跟直美之間的關係，最好的方式就是她順利獲得參加奧運的資格，接著光榮引退，兩人的關係自然劃下句點。

但我不曾思考過，如果這最好的方式沒辦法實現，問題還能怎麼解決。

奧運選拔賽結束一星期後，直美將我約出來。她來到我住的公寓附近，我只好跟她約在附近公園見面。

「我打算放棄射箭了。」

她說得斬釘截鐵。我心裡早有預感，並不特別吃驚。

「好吧……妳已經盡力了。」

「我沒有遺憾。」

「結束之前，我們一起喝一杯吧。」

直美聽我這麼說，卻沒有點頭同意，只是臉上揚起淡淡的微笑。

「教練……我希望你把我的事告訴你太太。」

「咦……？」

「我希望你老實說出我們兩人的關係。」

「妳怎麼突然說這種話？」

「我可以忘了射箭，但忘不了教練你。如果你說不出口，我就自己見你太太，求她跟你離婚。」

直美的口氣認眞。她這輩子一直是以參加奧運爲目標，如今美夢破滅，只好想辦法跳進另一個美夢裡，那就是婚姻。而且她極度缺乏與異性相處的經驗，所以她深信一個男人既然願意與自己上床，必定深愛自己更勝其他女人。

我完全沒預料到她會提出這種要求，一時不知如何是好，最後只能以需要時間整理心情爲由，暫時將她打發回家。

「好，今天我會乖乖回家。教練，但你別背叛我。如果你背叛我，我就對外公開我們的關係。」

直美的雙眸綻放著冰冷的光芒，我不禁背脊發涼。

「我知道，我絕對不會背叛妳。」我故作鎮定道。

如果打從一開始，沒有那捲她去年自殺時留下的錄影帶，或許我根本不會做出如此膽大妄爲的決定。正因爲有那捲錄影帶，我才自認爲可以神不知鬼不覺地殺了她。

將直美殺死，是我唯一的活路。她每天都打電話催我向妻子攤牌，我想盡各種理由推託敷衍，她竟恐嚇要直接見我的妻子。

另一方面，我擔心她將這個祕密告訴其他人。一旦在公司內傳開，我就玩完了。

直美非死不可。爲了陽子，爲了我們的孩子。在布局過程中，每當殺人的恐懼感令我萌生退意時，我就以這個理由來鼓舞自己。

那捲錄影帶就放在休息室的棚架最深處。我反覆看數次確認沒破綻，警察應該看不出那是去年拍攝的影片。但問題在於影片後半段，包含我進入休息室救她的過程，我只好將後面刪除。警方一定會懷疑影片爲什麼錄到一半自己停止，但我想不出其它的解決辦法。

房間裡的擺設全復原得跟影片一模一樣，接下來須復原的要素剩直美本人，而我當然已經想出辦法。

「射箭隊要解散了，我們最後來拍張紀念照如何？我希望妳穿上制服，拿著妳的弓。」

直美聽完我的提議後相當開心，絲毫沒起疑，還說要好好打扮一番。

「妳化妝的模樣當然好看，但我更喜歡比賽時的妳。頭髮最好再剪短一點……對了，就像這張照片一樣。」

我故意給她看她企圖自殺那陣子的照片。她將照片拿在手裡，想一會後道：「好，那我就打扮成這樣。」

那天下午四點左右，我們約在休息室見面。其它休息室一如往常聽不見半點聲響，這讓我著實鬆口氣。

我們聊一會後，我拿出一瓶果汁，當著她的面打開瓶蓋後遞給她。其實我早打開過蓋子，摻入安眠藥後才將蓋子蓋回。

不一會，她開始有睡意，對話應答變得遲鈍。接著她整個人癱軟在我的身上，我摟住她，她勉強睜開雙眼道：

「好想睡……」

「那妳就睡吧。」

「教練……」

「什麼事？」

「再見了，教練……」

直美說完這句話，便開始發出鼾聲。我小心翼翼地將她放在長板凳上。

接下來我所做的事情，就只是把她去年做過的事情再做一遍。避免沾上指紋，我戴上手套，將電線貼在她的胸口及後背，接上定時裝置，再接上插座。最後我閉上眼睛，將定時裝置上的指針一口氣轉到底，使電流通過她的身體。

那一剎那，我感覺她的身體似乎動一下，旋即不再有反應。我戰戰兢兢地睜開眼睛，發現她的姿勢完全沒變，似乎就跟剛剛一樣只是睡著。但一探她的鼻息，呼吸已經完全停止。

霎時，我全身寒毛直豎，另一股不同的恐懼湧上心頭。但我即刻採取下一步行動，因爲我沒有退路。

我架設好攝影機，接著從棚架取出那捲錄影帶。保險起見，我又從頭看一次。沒問題，沒有任何破綻。

接著我仔細檢查休息室內的每個角落，確認與直美去年自殺時的擺設沒有絲毫不同。定時裝置沒問題，攝影機沒問題，指紋沒問題，直美的姿勢也沒問題。

很好。

我深吸一口氣，拿起房間角落的電話，撥了一一〇。報案時該使用什麼樣的口吻？應該非常驚惶？是不是應該再加上一點口吃？還是應該維持平淡的語氣？我還沒想好該怎麼做，電話已接通，接下來我說了些什麼話，我自己也記不得了。

……似乎成功了。

對方一點也沒有起疑。我的聲音有些發抖，或許聽起來反而更自然。接下來剩打電話通報公司。

這個時候，我的心頭驀然響起直美的最後一句話。

「再見了，教練。」

爲什麼她會對我這麼說？

我打電話給公司高層時，一難以言喻的不安在心中迅速擴散。

7

休息室在白色日光燈的照耀下，維持好一陣子的沉默。兩個刑警聽完我漫長的解釋，依然維持著與剛開始完全相同的姿勢。

整間休息室裡唯有電視畫面不斷產生變化。這種機型的錄放影機一旦暫停超過五分鐘以上，就會自動恢復播放。

「或許我不該這麼說……」鬍子刑警語重心長開口：「但我認為這件事原本一定有其它解決辦法。你選擇這麼做，實在太瘋狂了。」

「我也這麼覺得……」我轉頭望向電視螢幕。畫面上的直美依然說個不停。「但要守住我現在的生活，這是唯一辦法了。」

「不管怎麼說，為這種事情殺人實在太不划算。計劃安排得再怎麼縝密，最後還是會事跡敗露。」

「是啊。」

我苦笑著。此時我失去做任何事的精力，甚至沒力氣想接下來將面臨什麼下場。

「但是……我一直以為毫無破綻。」

「現在你得到教訓了。犯罪不可能毫無破綻。」

「……是啊。」

畫面中的直美剛說明完自殺方法，正輕輕閉上雙眼。此時的姿勢完全沒露出手臂上的繃帶。

……為什麼我會沒發現她手臂上的繃帶？

這個殺人計劃的最大關鍵，就是不能被警察看出錄影帶是去年拍攝之物。我很清楚這一點，反覆看許多次，仔細檢查畫面上的每個細節。直美左手臂上的繃帶確實不太顯眼，但我檢查得那麼仔細，怎麼會沒有發現？
到底是爲什麼？
兩名刑警此時站起來。年輕刑警將手放在我的肩頭道：
「跟我們走吧。」
我點了點頭，決定不再想。反正計劃百密一疏已是事實，想再多也沒用。
「錄影帶不用再播了吧。」
鬍子刑警將手伸向錄放影機的開關。電視畫面上依然只有直美的身影。但就在刑警即將按下按鍵的那一瞬間，那個東西出現了。
「請等一下！」
我阻止刑警，臉湊向畫面。直美躺的長板凳底下，似乎有一樣東西在移動。
那是一隻蜘蛛。
身上斑紋黑黃相間的蜘蛛。前幾天爆發直美自殺騷動時，爬過她的弓的那隻蜘蛛。
爲什麼那隻蜘蛛在畫面裡？去年拍攝的影片，爲何出現前幾天的那隻蜘蛛？
驀然，我的耳畔響起轟隆巨響，我感覺頭痛欲裂，心跳加快，呼吸困難。
不可能……
不，一定是這樣。唯有這麼解釋，才能說明所有疑點。這捲錄影帶……是直美最近錄製的。

直美早就看穿我的計劃。或許她從各種跡象看出端倪。我要她剪頭髮，想必更讓她確信自己的懷疑並沒有錯。

但直美並沒阻止這個計劃。她得知我對她只是虛情假意，再次決定結束自己的生命。這次她自殺的方式，是毫不抵抗地死在我手裡。

但這並不表示她原諒我。她安排一個巨大的陷阱，引誘我跳進去。

我下手前一天晚上，她一定獨自來到休息室，在棚架深處找到那捲錄影帶。她播放錄影帶，確認去年自己的模樣，以及說了什麼話、做了什麼動作。畢竟是自己說過的話、做過的事，要回想起來一點也不難。

接著她架設起攝影機，演了一齣與去年完全相同的戲碼。在這過程中，想必她看好幾次錄影帶，重新拍攝好幾次。最後她成功製作出一捲與去年完全相同的錄影帶。唯一的不同點，是手臂上多了繃帶。

剛剛刑警拿給我看的那些寫在計分簿角落的句子，想必是她刻意安排的線索。這是讓警察更容易戳破我的謊言。

「怎麼，有什麼不對嗎？」

鬍子刑警朝我望來。我緩緩搖頭道：

「沒什麼。」

「那就走吧。」

刑警推著我的背，強迫我走向門口。走出休息室前一秒，我再度回頭，望向直美躺過的那張長板凳。

現在我終於知道她說那句話的意思了。

再見了，教練……

沒有凶手的殺人夜

〈夜晚：雅美〉

拓也抓起手腕，將手指抵在手腕處，半晌後道：

「沒救了。」

我聽到這句話的瞬間，胸口隱隱作痛。

「死了？」創介問道。

這個滿頭白髮的文雅紳士平常說起話來總是落落大方，此刻聲音卻微微顫抖。

「嗯，沒脈搏了。」

拓也的呼吸相當紊亂。不過這也怪不得他。此刻我是拚命壓抑才沒尖叫出來。

「立刻……立刻送到醫院，說不定還有救……」

「不可能。」

拓也充滿絕望的語氣說地道：

「已經太遲了……送醫只會把事情鬧大而已。何況你們打算怎麼向醫生說明，這個人的胸口爲何插著一把刀子？」

「……有道理。」

創介似乎完全沒想到這個環節，聽了之後登時啞口無言。

「老公……現在該怎麼辦才好……？」

時枝夫人焦急地詢問丈夫創介。但不僅她的丈夫不發一語，在場其他人，包括屋主夫婦的兒子正樹及隆夫、隆夫的家庭教師拓也，以及我自己，都沒有回答她這個問題。

眾人沉默好一段時間。或許時間相當短暫，我卻快要窒息。

半晌，拓也忽然掏出一枚手帕，似乎是打算蓋在死者的臉上。所有人就屬他最冷靜。

「唯一可以肯定的一點是……」

拓也頓了一下，輕咳一聲，接著說道：

「這是一起……凶殺案。」

這句話令整個屋裡的空氣更加緊繃。

〈現在：拓也〉

我正走近岸田家，忽看見時枝夫人臉無血色地奔出門外。她的五官原本讓人聯想到高貴的貓，此時徹底扭曲變形。

「怎麼了嗎？」

我一邊問，慢條斯理地脫下鞋子。時枝夫人忽然抓住我的手，說一句「跟我來」，硬將我拉進客廳。她此時的力氣大得令我咋舌。

客廳裡坐著兩個人，一個是隆夫，另一個則是雅美。雅美跟我一樣是隆夫的家庭教師，她負責教英語，我負責教數學及物理。

我一走進客廳，雅美登時神色緊張地朝我望來。隆夫則臉色慘白地低著頭，露出瘦弱的後頸。他原本就是個膽小如鼠的男人，那晚後更嚇得整天魂不守舍。不過今天似乎有些不對勁，恐怕發生事情了。我已做好心理準備，表情跟著變得嚴肅。

「大事不好了。」

時枝夫人一等我坐下來，劈頭便對我這麼說。她的視線完全面對著我，顯然雅美及隆夫都已經知道「大事」是什麼。

「發生什麼事了？」我問。

夫人拿起身旁矮桌上的一枚小紙片，遞到我的面前。

那原來是一張名片，上頭只印著「安藤和夫　新瀉縣柏崎市×××」，除此之外並沒有職業或企業名稱。但光憑這幾個字，我已明白這個人的來頭。就跟在場的其他人一樣，我也感覺自己的心跳在一瞬間加快了。

「這個人剛剛跑到我家來，問我知不知道他妹妹的下落。」夫人顫抖說道。

「他妹妹？這麼說來，他是……」

「沒錯，他是那個女人的哥哥。」夫人點了點頭。

沒有凶手的殺人夜

「唔……」

沒想到安藤由紀子竟然有個哥哥，這可有些不妙。

「有沒有問過他，爲什麼會來這裡找妹妹？」我問道。

夫人輕輕點頭道：

「問了，他說妹妹的房間裡有一本通訊錄，上頭寫著我家的地址跟電話。」

這女人眞會給我添麻煩。

我在心裡咒罵了一聲。果然是世事不如意十常八九。

「這個姓安藤的男人來的時候，只有夫人開門與他應對？」

「是啊，那時雅美正在教隆夫功課，我老公跟正樹都還沒回家。」

「他來詢問妹妹的下落，夫人怎麼回答？」

「我只說……我不知道。」

「原來如此，我明白了。」

我心裡有些鬆口氣。一問三不知往往比各種話術搪塞更有效。

「夫人說不知道他妹妹在哪裡，他怎麼回答？」

「他又問我，我老公跟兒子有沒有可能知道。」

這麼問也是合情合理。

「那夫人怎麼回答？」

「我說我不敢肯定，他就說今晚會打電話來，要我先向家人問個清楚。我怕如果拒絕會遭他起疑，只好答應了。」

「這是很明智的回答。」我稱讚道。「安藤聽了就離開了？」

「對呀。」夫人點頭說道。

我仰靠在皮革沙發上，重重吁口氣。這事態還不算太糟，有機會可以挽救，但最好盡早採取因應對策。

「夫人，妳已經把這件事情告訴妳先生了嗎？」

「我剛剛打電話到他的公司了，他說會盡快趕回來。」

我的腦海閃過一抹疑慮，趕緊說道：

「請立刻打電話給他，就說如果安藤去找他，不管任何問題都不要給予明確的回答。我擔心如果安藤分別詢問家裡每個人，大家的回答卻有出入，反而會招來懷疑……正樹那邊呢？聯絡得上嗎？」

「我可以打電話到他打工的地方。對正樹也這麼提醒？」

「對，麻煩妳了。」

夫人沒等我說完，已快步走出客廳。

我等客廳的門關上之後，才轉頭對身旁的雅美說道：
「我想妳應該很清楚，這件事已經是騎虎難下，我們沒辦法收手不幹了。」
「打從一開始，我就不認爲我們還有機會收手不幹。」
雅美聳聳肩，雙手將一頭長髮撩往腦後，胸部的隆起在雪白毛衣上變得特別明顯。
「那就好。」
接著我將視線投向坐在她旁邊的隆夫。雅美不愧是我的女朋友，遇上這種事還是能臨危不亂，我們最大的隱憂反而是眼前這個少爺。
「隆夫，你應該也能配合吧？這次的事情，我們必須同心協力才能渡過難關。」
隆夫眼眶及耳垂都脹得通紅，聽了我這麼說後只是微微點頭，動作簡直像機器人偶一樣不自然。我不禁心想，這小子眞是讓人看了就有氣，但不管再怎麼想抱怨，此時得按捺下來。
「只要是那本通訊錄上的電話或地址，安藤都會一一詢問嗎？」雅美不安地問道。
「應該吧，他沒理由只把重點放在這個家。至少目前應該是不用擔心才對。」
「不知道這個安藤是個什麼樣的人。」
「是啊，如果個性馬馬虎虎就好辦了。要是性格鑽牛角尖，恐怕會非常麻煩。」
就在這時，時枝夫人走了回來，表情跟剛剛比起來已顯得鎭定許多。

「我已經聯絡上我先生跟正樹了，他們都說安藤並沒找他們。」
我心想，果然我猜得沒錯，安藤並非把這個家當成了唯一目標。
「我跟他們說，就算遇上了安藤，也千萬別胡亂說話。還有，他們都說會盡快趕回來。」時枝夫人接著道。
「好，既然如此，我們先來討論一下，今晚安藤打來時該怎麼回答。」
「不能說我們家所有人都不認識安藤由紀子，對嗎？」
雅美問道。她心裡明白這個問題的答案，只是向我再次確認而已。
「當然不行，如果這麼說，要怎麼解釋她的通訊錄有這個家的地址？因此首先我們必須確認的一點，就是通訊錄上寫著誰的名字。」
我在說後面這句話時，視線轉向時枝夫人。她看著半空中略一思索道：
「我記得安藤跟我說，通訊錄上只寫著我們家的姓氏『岸田』。」
「既然只有姓氏，那不管她認識的是誰，應該都說得通，對吧？」
雅美興奮地說。她雖然頗有膽量，思慮卻略顯不足。
「基本上是這樣沒錯，但若把交情說得太深，又怕對方問東問西，我們答不出來。最好是沒什麼交情，但又有一點往來，會在通訊錄上留下聯絡方式的程度。」
「那要怎麼說比較好？」

時枝夫人一臉殷切地問道。我看著她的眼睛說：

「我記得安藤由紀子好像說過，她的夢想是當個自由記者？」

夫人立即點點頭。

「既然是這樣，就說她來採訪創介先生，如何？」我提議。

「來採訪我先生……？」夫人呢喃。

時枝夫人的丈夫岸田創介，是日本首屈一指的建築師。近年來由於土地越來越稀有，地價不斷攀升，許多人對未來的居住環境抱持不安，因而開始注重建築師的專業建議。我的言下之意，就是對安藤聲稱安藤由紀子想要進行這方面的採訪。

「但撒這麼大的謊，會不會把情況弄得更糟？」

時枝夫人有些吞吞吐吐，不敢正面反駁我的意見。畢竟這件事到目前為止，他們可說對我言聽計從。

「謊言是越大膽越好。」讓她感到安心，我故意提高音量。「在許多眞話裡藏一點點假話，是最愚蠢的做法，因爲假的部分會顯得特別突兀，導致謊言被揭穿。相較之下，如果全部都是謊言，對方反而無法證實到底是眞是假。」

時枝夫人聽我這麼說，低頭想一會，旋即抬頭道：

「既然要這麼騙他，我們的說法必須一致才行。例如安藤由紀子何時來到我家，說了些什麼話，這些細節都必須先套好。」
「說法當然必須一致，但太注重細節反而容易弄巧成拙。我們對安藤的說明應該越簡單越好，他詢問細節也不必立即回答，可以找些藉口拖延，看看對方的反應，再臨機應變。」
「那今天他打來時，要怎麼對他說？」
「就說安藤由紀子似乎向妳先生提出了採訪的請求，這樣就行了。要是對方詢問細節，就說丈夫還沒回來，所以不清楚。這裡是最重要的關鍵，絕不能讓對方察覺妳只是在要拖延戰術。妳必須說得振振有詞，不能有絲毫遲疑。」
「我知道了。」
夫人的口氣異常堅定，就連眼角的皺紋也彷彿訴說著使命必達的決心。
這時，門鈴響起，不知是正樹還是創介回來了。夫人起身開門，隆夫此時突然冒出一句「我也去看看」，跟著起身離開客廳。
我看著隆夫那高高瘦瘦的背影跟著夫人走了出去，心裡暗想他多半只是想找機會上廁所吧。這短短的幾分鐘，他一直一副坐立難安的模樣。我故意擺出不耐煩的表情，對著雅美微微揚起嘴角。
雅美將溫熱的手掌放在我的膝蓋上，說道：

「拓也，你爲什麼能這麼冷靜？難道你不害怕嗎？」

「我當然怕，但害怕跟不知所措是兩回事。不論任何時候，我都能維持冷靜。」

就在這個時候，門口傳來了說話聲。

〈夜晚：雅美〉

「這是一起……凶殺案。」

拓也一面說，一面蓋上了手帕。接下來有好一陣子，整個屋裡一片死寂。

拓也依然這麼冷靜。我雖然沒有明白說出來，內心卻對他那無比沉著的處事態度感到十分佩服。在這個節骨眼，當然不會有人想看一張死去女人的臉孔。

「你們覺得現在該怎麼做比較好？最正常的做法，當然是報警……」拓也說道。

「不行！」

創介立即大喊，嗓音微微顫抖。

「一旦成了殺人犯，一輩子就毀了。家屬也會變成人人喊打的過街老鼠……總之無論如何不能讓這件事傳出去！」

「問題是……」長男正樹突然開口：「人都死了，還能怎麼辦？」

正樹的嗓音本來就比較尖銳，這時心情緊張，聲音聽起來更是刺耳。

正樹是創介與前妻所生的兒子，母親已因病過世。以岸田家的血統而言，這個兒子的腦袋實在有點糟糕，全靠父親的力量才得以進入私立大學就讀。他或許自知資質駑鈍，所以比一般人更注重外表，每天都打扮得宛如男性時裝雜誌的模特兒。像他這樣的人，正是我最厭惡的類型。

「別這麼大聲，要是被外面的人聽見怎麼辦？」創介匆匆拉上窗簾，斬釘截鐵地說道：「總之這件事絕不能讓外人知道，當然也不能報警！」

「不然我們該怎麼做？」拓也問道。

「請你們別把這件事張揚出去。」創介走到我們身邊說道：「請放心，絕對不會給你們帶來麻煩。」

我靜靜等著拓也的回答。拓也沉吟一會道：

「要把這件事完全掩蓋，可不是件簡單的事。」

「我知道，這點我已有覺悟。」

創介聽起來簡直像在發脾氣。我不禁想，原來像他這樣的紳士也有歇斯底里的時候。我記得從前讀過的小說裡也有類似劇情。小說裡的做法，是先在屍體上動手腳。

「那我們得先把屍體處理掉才行。」

拓也這句話一出口，等於答應幫忙掩蓋眞相。創介一愣，低聲說了句「謝謝」，似乎

沒有凶手的殺人夜

是放下了心中大石。

仔細想想，我所讀過的那部小說，也是女家庭教師答應幫某一家人隱瞞犯罪事實。

「處理屍體？說得倒輕鬆！」

正樹以他那尖銳的嗓音說道。世界上就是有這種人。愛批評他人的做法，卻又拿不出更好的主意。

「你別多嘴，再怎麼不輕鬆也得做。」

創介大聲喝罵。他果然很瞭解自己的兒子。

「屍體必須盡快處理掉。」拓也再次強調。「但這件事最好等到三更半夜再做，免得被人瞧見。對了，家裡有沒有能裝得下屍體的箱子？」

「箱子啊……」創介呢喃。

「上次買小冰箱時，不是有個瓦楞紙箱嗎？那箱子還放在倉庫裡，我記得箱子邊緣還有增加強度的木框。」正樹說道。

「你跟我去拿。」

創介一聲令下，帶著正樹往外走。門才剛關上，便有人發出哀嚎。那個人不是別人，正是岸田家的次男隆夫。他是個瘦得像皮包骨的高中生。

「做這種事不好啦……我看我們還是報警吧……」

「你在說什麼傻話？你爸爸不是也說了嗎？假如這麼做，全家都會完蛋。」
「可是……這樣眞的不好，我不要啦……」
簡直像小孩子鬧脾氣。我教這小子英語的時候，常常氣得想賞他一巴掌。偏偏他很愛跟我撒嬌，開口閉口都是「雅美老師」，更讓我聽得全身不舒服。
「要不要讓隆夫先回房間休息？」拓也問道。
「不然我先帶他回房間，好嗎？」時枝夫人說道。
我心裡暗罵隆夫自己有腳，回房間何必要人帶。但我沒說出口，我知道夫人只是想找藉口逃離這裡。
「請便。」拓也說道。時枝夫人於是扶著隆夫的肩膀走出去。
拓也轉頭望著我：
「只是來教書卻遇上這種事。若從客觀的角度來看，天底下應該沒有比我們更倒楣的家庭教師。」
我想擠出笑容，但此時表情只像臉頰抽筋。實在笑不出來。
「幫人丟棄屍體，不曉得會犯什麼罪？」我問。
「不就是……遺棄屍體罪嗎？」
「噢，遺棄屍體罪……」

拓也點了根菸，深深吸了一口。我看見他的指尖微微顫動，心想他果然很緊張。

「你打算怎麼搬運那個紙箱？」

我的聲音發抖到令我覺得丟臉的地步。

「我記得他們家有一輛備用的箱型車，應該可以利用。」

「噢……」我感覺口乾舌燥。

夫人不久後便走了進來。不一會，創介與正樹也抬著一個大紙箱回來了。

「大小似乎剛剛好。」創介說道。

「是啊……正樹，你也一起來幫忙吧。」拓也說道。

「我嗎……唉，好吧。」

正樹心不甘情不願地答應了。

「怎麼摸起來這麼冰冷？」

將屍體放進箱子的步驟順利完成後，正樹以充滿厭惡的聲音這麼說道。

「人死了，體溫當然會下降。」拓也回答。

「而且臉怎麼……好像變得很平。」

「那是因爲肌肉鬆弛的關係。」

「肌肉鬆弛？人死掉之後，肌肉不是會變硬嗎？」正樹說道。

我很訝異正樹竟然會具備這樣的知識，多半是從推理小說上看來的吧。

「屍體硬化沒那麼快，至少是死後一、兩個小時才會發生。」拓也說道。

「對了，我都忘了你是醫學系出身。」

創介的語氣中充滿讚賞。多半是自己兒子太不成材，落差實在太大的關係。

「我根本沒有畢業，稱不上是醫學系出身……不說這個，我們還是來討論接下來該怎麼做吧。雖然要盡快把屍體處理掉，但現在才十一點，我建議等個三小時再出門。在那之前，我們還有很多事情要做。」

「沒錯，得先把這裡打掃乾淨才行……」

時枝夫人提出了個符合屋子女主人身分的意見。這房間的凌亂得實在太不自然，而且地上還有著深紅色血跡。若仔細聞，還可以聞到空氣瀰漫著一股血腥味。

「打掃當然很重要，但現在還有更重要的事。」拓也冷靜道：「有誰知道她今天會來到府上？」

「不清楚。或許她曾經告訴過別人，今天要來我家，這我們可不會知道。」

「重點不在有沒有人知道她預定要來府上，而是有沒有人知道她確實走進這棟房子。如果沒人知道，我們大可以堅稱她根本沒有來，也就是她在來到這裡的路上就失蹤了。」

原來如此。拓也這套說詞令我不禁大感佩服。他從以前就很擅長說謊，連我也曾被他騙過好幾次。

「我印象中應該沒人知道她今天來了才對，畢竟今晚家裡沒有其他客人。」時枝夫人謹慎道。

「確定嗎？」拓也再次確認。

「對，應該是……」夫人低聲說道。

「既然如此，我們就當她今天沒來過。大家聽清楚了嗎？她不曾走進這個家。」

拓也在這件事情上已完全掌握主導權。

〈現在：拓也〉

門口傳來說話聲。我原本以爲是正樹或創介回來了，但旋即察覺情況不太對勁，於是起身將耳朵貼在客廳的門板上偷聽。

「……對，她好像曾向我先生提出採訪的請求。」

那是夫人的聲音。我霎時感覺心臟重重突了一下。說話的對象應該就是安藤由紀子的哥哥。他原本是說要打電話，怎麼會再次登門拜訪？

「採訪嗎？所以由紀子曾到府上叨擾？」

「唔……最近我先生有不少客人，我也不記得了。請問大概是什麼時候的事？」

「應該沒隔多久，大約一星期前吧。」

「若是最近的事，得問我先生才知道。」

夫人說道。我心想這個回答實在有點危險。如果創介此時剛好回到家，事先沒跟他套好話，非常容易露出破綻。

「請問妳先生在家嗎？如果在家的話，能不能讓我見上一面？」

安藤的說話速度不快，但每句話都緊緊咬住對手不放。這樣的男人恐怕不好應付。我忍不住咂嘴，雅美見狀也憂心忡忡地湊來。

「我先生還沒回來……他說過今天會比較晚。」

「是嗎？眞是不巧。那請問府上有其他家人在家嗎？」

「我兒子今天去打工，也還沒回來。」

「是嗎？打工到這麼晚？」

安藤說出這句話時，我聽見了開門聲。我心裡頓時大喊不妙，一定是隆夫上完廁所出來了。那小子根本不具備臨機應變的能力。

「啊……原來妳兒子在家嘛。」

安藤喜孜孜道。我可以想像時枝夫人此時臉上的表情。至於隆夫那個蠢蛋，面對這種情況一定是哭喪著臉，愣愣地站著不動。

「不，他是次男，不在家的是長男。我剛剛問過這個次男了，他說不認識安藤由紀子這個人。」夫人解釋道。

「原來如此，不過還是請幫我看看照片，我妹妹長這個模樣……」

安藤的話還沒說完，我竟聽見乒乒乓乓的上樓聲，接著夫人大喊一聲「隆夫」。我心裡暗罵，這蠢蛋竟然選擇逃走。

「真是不好意思，我這次男很害羞，沒見過世面。」

他可是高中生，這理由實在說不過去。我在心裡如此咕噥。

「沒關係，是我長得太凶惡，難怪他會提防。」安藤說道。

夫人沉默不語，臉上多半掛著尷尬的陪笑。

但此時我最擔心創介會不會在這個節骨眼回來。若創介在此時回來，情況會很不妙。

「既然如此，那我下次再來拜訪。」

安藤似乎終於放棄了。

「好，真是抱歉。」

「打擾了。」

接著我聽見關門和上鎖聲，以及走廊上逐漸接近的腳步聲。夫人打開客廳的門時，見到我跟雅美就站在門邊，嚇得驚呼一聲。

「安藤終於走了？」

夫人重重吁口氣，整個人癱軟在沙發上。

安藤離去五分鐘，正樹回來了。又過十分鐘，創介也按下門鈴。兩人幸好沒跟安藤遇上，實在有驚無險。

除了隆夫，所有人都聚集在客廳，討論起因應對策。大家一致的看法都是現在情況不太樂觀。或者應該說先前樂觀過頭了。

命案三天後，我向岸田夫婦回報我私下調查結果。我的結論是「安藤由紀子的生活圈與岸田家基本上沒有任何交集」。後來我們決定採取「完全不認識安藤由紀子」這個立場，正是基於我的調查結果。

但如今事態發展，迫使我們必須變更立場。

「說穿了，全怪你調查得不夠仔細。」

正樹如此抱怨。我很想一拳朝他臉上招呼，但我按捺下來，只是默默點頭。

「這不算拓也的錯，畢竟他不可能溜進安藤由紀子的房間裡查看。何況仔細想想，她的通訊錄裡有我家的地址，本來就是可以預期的事。」創介一面解開領帶，一面爲我說話。「當務之急是摸清楚除了通訊錄，她身邊還有什麼東西能跟我家扯上關聯。如果有的話，情況會對我們相當不利。」

「關於這點，我想不用擔心。」

我信心十足地道：

「一來她的人際圈與府上完全扯不上邊，二來如果她的隨身物品中藏有更重要的證據，今天安藤一定會提出來。」

「那就好。」

創介點了根菸，用力吸了一口，接著朝天花板吐出乳白色的煙霧。雅美忍不住輕咳了一聲。

「她向我提出採訪申請的這個說詞，我認爲很不錯，因爲我最近確實常接受採訪。不過到底該說我與她見了面，還是根本沒見過面？」創介問道。

「如果可以的話，最好是說得模稜兩可，看對方如何回應。總之必須盡快摸清對方的底牌，我們才能臨機應變。」

「好吧，我盡量試試。正樹，如果安藤找你，你就說什麼也不知道，明白嗎？」

「我知道啦。」正樹不耐煩道。

創介接著看看我，又看看雅美，在沙發上端正坐姿，一臉嚴肅說：

「請兩位務必幫這個忙，不要背叛我們。如果沒兩位的協助，這件事不可能瞞得過去。更何況……或許我這麼說有些失禮，兩位此時算共犯了。」

「我明白。」我回應。

坐在我身旁的雅美則朝創介輕輕鞠躬。

隔天晚上，我剛走到岸田家的圍牆入口處，忽有人在我的肩膀上拍了一下。轉頭一瞧，眼前站著一個又矮又瘦的男人。這男人有張灰色臉孔，年紀看起來約莫三十出頭，雙頰凹陷，一對眼睛炯炯有神，讓人聯想到猿猴的頭蓋骨。我一看見這個令人心裡發毛的男人，直覺便猜到他就是安藤和夫。

「你是這戶人家的兒子的家庭教師？」

對方說這句話時嘴部扭曲。或許他自己認爲那叫作笑容。

「是啊……你是誰？」

「敝姓安藤。請問你每天晚上都會來嗎？」

「呃……」

安藤呵呵一笑道：

「我問過周圍街坊鄰居，他們說岸田家每天都有家庭教師進出，還不止一人。」

我心裡頓時有股不好的預感。他已經把岸田家平時有哪些人出入調查得一清二楚。爲

沒有凶手的殺人夜

什麼他會鎖定岸田家爲訪查重點？

「除了我之外，還有一位女性教師。」

安藤再度漾起詭異的笑容道：

「對，鄰居們也這麼說。不過沒關係，那位女家教的事情擱一邊，我想問你幾個問題。」

「我沒什麼時間。」

「請放心，不會耽誤你太久。」

安藤伸進皺巴巴的西裝外套口袋。那套西裝一看就知道是便宜貨，而且跟西裝長褲質料不同，一定是大特價買來的。

他掏出一張照片，照片裡是個面無表情的女孩子，正是安藤由紀子。

「她是我妹妹，如今下落不明，你知道她在哪裡嗎？」

「我怎麼知道你妹妹在哪裡？你到底是誰？」

安藤淡淡一笑，並沒有回答我的問題，自顧自地道：

「根據我的調查，我妹妹上星期來到這裡，我想你可能見過。」

「上星期來過這裡？誰告訴你的？」

「這跟你無關。難不成你認爲我這麼說有什麼問題嗎？」

安藤用一對上吊的眼珠望著我。那眼神令人作嘔。

「沒那回事，我不認識這個女人，失陪了。」

我說完便走進圍牆內。當我走到屋子大門口時，我回頭看一眼，那男人已經消失了。

幸好門沒上鎖，我趕緊開門進入屋內。就在這時，雅美剛好從二樓下來。

「別出去，安藤在外面，我剛剛被他叫住了。」我說。

時枝夫人自後頭房間聽見我這麼說便匆匆走出來，滿面憂色地問：「他對你說了什麼？」

「他讓我看由紀子的照片，問我認不認識。」

我將剛剛與安藤的對話一五一十地說了，夫人臉色更加慘白。

「他怎麼一直纏著我家不放？」

「這我也很納悶，或許他掌握到什麼線索。」

這時，背後傳來開門聲。創介回來了。

「發生什麼事了？爲什麼聚集在這裡？」

創介一邊脫鞋，一滿臉詫異地問。我正要說明原委，門鈴忽然響起。夫人按了牆上的對講機按鈕問：

「哪一位？」

沒有凶手的殺人夜

對講機的小擴音器傳出說話聲：

「敝姓安藤，很抱歉又來打擾。」

夫人驚疑不定地望著我們。安藤顯然一直守在外頭，看見創介走進家門才按門鈴。

「沒辦法，讓他進來。」創介下定決心後道。「一直避不見面反而會遭到懷疑，不如我親口對他說，我不認識安藤由紀子這個人。」

夫人點點頭，指示安藤進屋。

「他知道安藤由紀子預定要來府上，對他說的話請不要與這點產生矛盾。」我趕緊提醒創介。

「好，我知道了。」

我看著創介點頭才帶著雅美奔上二樓。不一會，大門開啓，安藤和夫走進來。夫人帶著他走進客廳，創介換好衣服後也走進。我與雅美躡手躡腳地下樓，像昨天一樣將耳朵貼在門板上。

「我妹妹五年前離開老家後就很少回去。不久前我到她的住處，想看看她過得好不好，但等好幾天，她一直沒有回家。我本來猜她出門旅行，但看房間卻又不像。我放心不下，到處打聽她的下落。」

「聽起來確實讓人擔心。」創介故意說得語氣凝重。

「這幾天我已經查到一些線索。」

安藤此時沉默數秒鐘，或許正從口袋掏出筆記本。

「首先是我妹妹住處隔壁的一位上班族小姐，說她在上星期一晚上，見到我妹妹從外頭回來。但由於她們平日沒往來，當時沒交談。明明是鄰居卻像陌生人一樣，大都市眞是一點人情味也沒有。」

「最近到處都是這樣。」

創介隨口應答，語氣帶一點不耐煩。

安藤接著道：

「目前就我所知，最後一個看見我妹妹的人就是這位上班族小姐。還有一點，我妹妹住處門口信箱塞滿報紙，甚至不少掉在地上。我仔細查看報紙日期，最舊的一份是上星期三的早報。換句話說，在上星期三的早上，我妹妹就不在住處了，我這麼說沒錯吧？」

「聽起來沒錯。」

「星期一晚上曾經回來過，星期三早上就不在了……可見得我妹妹在星期二不知去哪裡，再也沒回來。過去她雖然有過幾天沒回家的前例，但這次的天數實在有些太長。」

接下來是一陣沉默。或許創介正默默抽菸，安藤則默默看著。

「聽說我妹妹曾向你提出採訪請求？」半晌後安藤問道。

「是啊。」

「你跟她見面了嗎？」

「唔，這個……」創介輕輕咳一聲。這演技實在很不自然。「我只跟她約好要見面，但見面日期還沒敲定。」

「是嗎？這可有點古怪。」

安藤陰裡陰氣地道：

「我妹妹住處桌上有張便條紙，上面寫著上星期二要來府上，那應該就是要來採訪你，不是嗎？」

便條紙？絕不可能！我差點想大聲反駁。我轉頭望向雅美，她正露出難以置信的表情。

「……有那種東西？」

創介的聲音有些驚惶失措，不知安藤是否有聽出。

「是啊，正因爲那張便條紙，我才一而再、再而三地前來打擾。」

「原來如此……我明白了，大概是因爲……」

「洗耳恭聽。」

「討論採訪日期時，她問我哪天方便，我跟她說過星期二沒事。或許因爲這個緣故，她才打算上星期二來我家。」
「這麼說來，你們沒有明確約定時間？」
安藤聽完創介牽強理由後，語帶懷疑問。
「是啊，當然。」創介信誓旦旦。
接下來兩人好一會不說話。但我聽見門內傳來呢喃細語，或許是安藤的嘴裡一直咕噥什麼，而創介默不作聲。
「好，請容我再問最後一個問題。上個星期二，府上有誰在家？」
安藤問古怪的問題。
「有誰在家？你問這個做什麼？」
「請別多慮，沒有什麼太深的含意。我想應該是你跟你太太，還有……」
「我兒子跟家庭教師。」
「好的，我明白了。你有兩位公子，家教也有兩位，一男一女嗎？」
「沒錯。」
「好的，打擾這麼久，眞不好意思。」
接著我聽見衣服摩擦沙發的聲響，似乎是安藤站起來。我跟雅美趕緊離開門邊，快步回到二樓。

「剛剛的回答應該沒有問題。」

我等安藤離開後告訴創介：

「安藤應該無法證明安藤由紀子曾來過這個家，堅稱她沒來過是很聰明的決定。」

「我在那當下只能這麼回答，這跟聰不聰明無關。」創介不耐煩地道。「話說回來，安藤由紀子竟然留下便條紙，這又是怎麼回事？」

「安藤隨口胡謅，想套你的話吧？」

雅美說完後看了看我，又看了看創介。

「很有可能。但就算眞的只是胡謅，我們的處境還是一樣糟。既然他會想用這種方式套話，表示他掌握相當程度的線索。」我說道。

「總而言之，現在可以確定敵人已經盯上我們家了。」

創介咬著下嘴唇。時枝夫人見丈夫露出那種表情，更是絕望地垂首不語。

「現在放棄希望還太早，至少目前還沒有任何關鍵證據曝光。」我說道。

「是啊。」

雅美在我身旁點頭附和。

「現在狀況根本沒有任何變化，不過被人發現有個女人失蹤而已⋯⋯只要屍體沒被人找到，就什麼也不會改變。」

「沒錯，只要屍體沒被人找到就不必擔心。」

我也以不輸給雅美的堅定語氣道。

〈夜晚：雅美〉

只要讀過推理小說，應該都知道處理屍體非常困難。

處理屍體大致上有四種方法，分別是埋入土中、沉入水底、燒成灰燼、以化學藥劑使其溶化。除此之外還有些旁門左道的可怕做法，如冰凍後像剉冰一樣磨成碎屑丟棄，或煮來吃掉，但這些在現實中都有執行困難。

拓也建議的做法是埋入土中。

「埋掉是最簡單安全的做法。沉入水裡可能因水流變化而浮起，燒掉會剩骨頭。」

「問題是要埋在哪裡？如果可以，最好不要埋得離我家太近。」

創介的口氣已經是完全聽拓也指揮了。

「當然不會埋在這附近。只要埋遠一點，萬一屍體被人發現，府上也不會遭到懷疑。我打算把屍體帶到埼玉縣，找一處人跡罕至的深山埋掉。至於搬運箱子的方式，我打算借用府上的箱型車。」

沒有凶手的殺人夜

「沒問題，就這麼做吧。」

「家裡有鏟子嗎？得有鏟子才能挖洞。」

「倉庫裡應該有。」

「好，那我們等到凌晨兩點，就把箱子搬上車。」

我瞄一眼手表，此時剛過凌晨一點。

〈現在：拓也〉

前陣子天氣一直很暖和，昨天果然下起雨，而且是傾盆大雨。一直到今天早上醒來時，雨勢依然沒減弱。冬天下這麼大的雨頗爲罕見。

雅美站在連接陽台的玻璃門前望著外頭發楞。玻璃上覆蓋一層宛如薄紗般的霧氣，但她前方的玻璃上卻有一團手指抹過的痕跡。

「妳在看什麼？」

雅美背對著我，身上只披著一件男用襯衫。我窩在棉被裡，朝著她的背影說話。雖然已開煤油暖爐，但室內的溫度依然頗有寒意。

「眞是淒涼的城市。」雅美說道。她一說話，前方玻璃又蒙上一層霧氣。

我苦笑著回答：

「哪裡淒涼了？妳知道這附近的透天厝值多少錢嗎？」

「不是那個問題。」她伸出手指再次將霧氣抹去。「一下雨，很多假象都會剝落，顯露出原本的蕭條。」

我坐起上半身，從枕邊拿起菸盒及打火機。收音機不知何時被打開，傳出古典音樂。

雅美轉頭對我道：

「我們搬到外國住好不好？我受不了繼續待在這個窮酸國家，過這種悲哀生活。」

「幫我拿報紙。」我回答。

她挪動那雙美麗的雙腿走過床前，在門口拿報紙回來，扔在我面前。

「我想要錢。」

雅美對著我咕噥。我只是瞥她一眼，便讀起我的報紙。

頭版是關於稅金問題的新聞。此外還有軍備縮減問題、地價問題……在我看來這些就像小學生的功課拖了好幾年都沒寫。

接著我翻開社會版。昨天開始下豪大雨，似乎引發土石流。眞是一群可憐鬼。

就在我想翻開體育版的前一秒，一則小小新聞映入了我的眼簾。標題是〈泥沙中發現屍體 埼玉縣〉。我急忙將報紙拿到眼前。

昨天傍晚，埼玉縣××町一名騎著腳踏車的上班族因雨勢太強導致輪胎打滑，不愼摔

沒有凶手的殺人夜

落樹林中。所幸上班族並沒有受傷，但腳踏車滑落至山坡底下。就在上班族想要將腳踏車拉上來時，發現似乎有東西纏住了腳踏車的車身。仔細一瞧，那竟是人的頭髮，而且是從地底下冒出。上班族嚇得扔下腳踏車，奔到了一公里外的民宅尋求幫助。民宅主人報警處理，警察到場後挖開泥沙，赫然發現一具女性屍體。死亡女性的年紀約在十五歲至三十歲之間，留有一頭長髮，臉部及雙手手指都遭毀損，且胸口有遭尖銳物刺傷的痕跡。

以上是新聞大致內容。

「怎麼了？」

雅美見我讀報紙讀得入神，有些擔憂。我將報紙推到她面前，指著那則新聞。

雅美登時臉色大變道：

「這裡不就是……那個地方嗎？」

「沒錯，這裡就是我們埋屍體的地方。」連我的聲音也窩囊地直發抖。「沒想到屍體這麼快就被發現……」

「現在該怎麼辦？」

「妳打到岸田家，問清楚警察有沒有找上門。如果還沒有，就說我們馬上過去。」

我看著雅美拿起話筒，自己趕緊跳下床換衣服。

安藤和夫這個星期完全沒出現。妹妹剛失蹤時，他曾對岸田家起疑心，但或許是一直找不到繼續追查下去的決定性證據，所以放棄了。不久前我跟岸田夫婦說似乎可以高枕無憂，沒想到卻發生這種事。

安藤由紀子的屍體重見天日……這是我心中最大的隱憂。

〈夜晚：雅美〉

經過一段令人窒息的時間，終於要採取行動了。拓也、正樹及創介三人合力將瓦楞紙箱搬到車上。途中經過籬笆時，箱子與吊鐘花互相摩擦，發出刺耳聲響。

「我還是跟你們一起去吧。既然要挖洞，人手越多越好。」

創介將鞋子扔進箱裡說道。剛剛討論時，眾人已說好岸田夫婦及隆夫必須留在家裡。拓也如此主張的理由，是三更半夜如果有電話，而夫婦兩人不在家，恐怕會引來懷疑。至於隆夫，大家都知道帶去也只是礙手礙腳。

「不，人數太多容易引起注意。請放心，我們會妥善處理的。」拓也說道。

「安心交給我們吧。」

正樹說得老氣橫秋。他多半認爲參與丟棄屍體這種困難的任務，可以讓雙親對自己刮目相看。

「好吧，不然這個讓你們帶在路上吃，免得打瞌睡。」創介說道。

沒有凶手的殺人夜

「口香糖？謝啦。」

「路上小心。」夫人憂心忡忡地說道。

「我們出發了。」拓也說著便發動了引擎。

車子行駛後，好一陣子沒人開口說話，彷彿大家正各自確認著自己的立場與角色。

「雅美老師，妳應該不必再跟著我們到處跑了吧？」

坐副駕駛座的正樹轉頭道。

「不，我還有事要請雅美幫忙，她必須繼續跟在我們身邊一陣子。」拓也轉動著方向盤問我：「妳應該能配合吧？」

「好啊，無所謂。」我回答。反正這渾水已經是蹚定了。

「對了，我們現在要去哪裡？你知道什麼適合丟棄屍體的地點嗎？」正樹問道。

「有一次我開車兜風，不小心迷了路，開進一座樹林裡。若是在那裡附近，肯定不用擔心會被人看見。沒想到一個偶然發現的地點，在這時候會派上用場。」

「我真佩服你，這種時候還能這麼冷靜，一副氣定神閒。」正樹聳聳肩嘆氣。

「只是外表而已，我心裡嚇得要死。」

停下車來等紅燈的時候，拓也似乎叼起一根菸，以打火機點火。我看見他的嘴邊冒出一點紅色火光。

「假設埋了屍體，那這紙箱要怎麼辦？裡頭好像沾上了一些血跡。」我問拓也。

「沒地方丟，今晚就只能帶回去了。」拓也說道。

「不然我明天燒掉如何？假裝是燒柴火。」正樹說道。

「焚燒東西太引人注意，最好別這麼做。切成碎片再當成垃圾丟掉吧。」

「瞭解。你怎麼說，我就怎麼做。」

正樹一邊說，拆開一枚口香糖塞進嘴裡。

沒錯，你只要聽話照做就行了，別多嘴。我在心裡如此咒罵。

車子繼續奔馳在夜晚的街道上。

〈現在：拓也〉

安藤由紀子的屍體被發現四天後，刑警找上我的住處。當時我正要出門前往岸田家，門鈴在我穿鞋子的時候響起。

但其實昨天時枝夫人便已打電話給我，告知岸田家已有警察登門拜訪。雖然我們早有覺悟屍體身分遲早曝光，但警察的調查速度超越預期。不過刑警在岸田家並沒待太久，只是拿出安藤由紀子的照片，詢問岸田家的人認不認識照片中的女人。而且刑警使用的照片，據說就是當初安藤和夫拿出來的照片。夫人回答當然是不認識。

刑警共兩人，分別姓高野及小田。高野身材高眺而外貌老成，小田則戴一副金框眼鏡，鏡片背後目光犀利，簡直像銀行行員。他們說有幾句話要問我，希望耽誤我一點時間，我表示希望在十分鐘內結束。

「你認識岸田這一家人嗎？」高野問道。

我裝出愣了一下的表情道：

「知道，我在那裡當家教。」

「好的，根據我們的調查，你每天都會進岸田家？」

「對，除了星期六跟星期日。我現在正要去呢。」

「耽誤你出門時間，眞是抱歉。」

「沒關係，岸田家發生什麼事嗎？」

刑警從灰色風衣的口袋掏出一枚照片，遞到我面前。

「你認識這位小姐嗎？」

我心想，果然跟時枝夫人事先告知的情況一樣。那照片似乎就是當初安藤和夫帶在身上的，照片裡的由紀子面帶微笑。

「我見過這張照片。幾個星期前，有個男人也拿這張照片來問我，但我不認識這個女人。」我回答。

「那位先生是誰？」

「他說他是照片裡這女人的哥哥，看起來一副落魄模樣，好像姓安什麼的……」

「安藤？」

我用力點兩次頭道：「對，他說他姓安藤。」

高野刑警朝小田刑警看一眼，小田一臉不耐煩地在筆記本上寫幾個字。我心想，他們這些小動作大概都是擾亂對手思緒的心理戰術。

「請問到底發生了什麼事？」

我刻意問得輕描淡寫，不曉得有沒有引起刑警心中的疑竇？

高野刑警一對略帶血絲的眼珠望著我道：

「這位小姐被殺了。」

「……」

我微微張著口，與刑警互相對看。這段時間不能太長，不能太短。經過恰到好處的時間，我應一聲「噢」。

「四天前有人在埼玉縣的樹林裡發現一具遺體，你知道這個新聞嗎？」

我點點頭，他接著道：

「那具遺體就是照片中這位小姐。安藤先生主動聯絡我們，說那具遺體可能是他的妹妹。經過牙齒比對，確實沒有錯。」

「噢……」

我露出事不關己卻又有些震驚的表情。

話說回來，那個自稱姓安藤的男人竟然一看到新聞就跟警察聯絡，可見得他一直在追查妹妹的消息。但他看起來實在不像那麼關心妹妹的人。

「抱歉，如果沒其它事，我要出門了。」

「啊，眞對不起，打擾你了。」

高野刑警趕緊離開門邊。我走出門外鎖上門。兩個刑警一直在旁邊盯著我看，實在有些不舒服。

「請問還有什麼事嗎？」我不悅地皺眉問。

「已經沒事了，不過你在前往岸田家前，是否有其它地方要去？」

刑警問了個古怪的問題。我搖搖頭道：「沒有。」

「我們現在也要前往岸田家，不如我們送你過去。車子就在外頭，請跟我們走。」

「咦?可是……」

我看看高野，又看看小田。一個帶著古怪虛僞的笑容，一個臉上毫無表情。

「來，我們走。」

高野將手掌舉到我面前，我一時想不到該如何拒絕。

數分鐘後，小田坐上了一輛豐田Mark II的駕駛座，我跟高野則並肩坐在後座。

「經過調查，我們發現安藤由紀子的生活實在有些耐人尋味。」車子開動後不久，高野突然對我道。「她從短期大學畢業後，原本在文化教育中心擔任行政人員，但半年前突然離職，當起酒家女。約一個月前，她又辭去酒家女的工作，所以失蹤前，她待業中。」

我默默聽著，一句話也沒說。搞清楚高野說這些話的用意前，還是別隨便開口為妙。

「不過我說的耐人尋味，是指她失蹤前約一星期的生活。」

高野刑警帶著若有似無的笑意。那笑容的背後到底有何含意。另一方面，開車的小田默默轉動方向盤，但我相信他正聆聽著我與高野的對話。

「那一個星期她幾乎沒與任何人見面。當然有人看見她，但她沒與任何人交談，所以沒人知道她那段時期到底在做什麼。」

「……這很稀奇嗎？」

我盡量回答得避重就輕，不觸及敏感部分。

「最近過這種生活的人很多，或許一點也不稀奇。但重點來了，住在隔壁的上班族小姐告訴我們，安藤由紀子那段期間幾乎每天晚上都會出門。那位上班族小姐說，因為聽得見隔壁開關門的聲音，所以知道安藤由紀子都是在她下班回到家的時候出門，大約兩個小時後回來。如何，是不是有點耐人尋味？安藤由紀子到底去哪裡？」

「我怎麼知道。」我搖搖頭，強調自己對這件事一點興趣也沒有。

但刑警對我的反應毫不在意。

「還有一個疑點，我們查看她的存摺，發現她在一年前還有超過七百萬圓的存款，但這些錢不斷被領出來，現在餘額剩數萬圓。」

我望著車窗外景色，一心希望車子趕快抵達岸田家。爲什麼岸田家這麼遙遠？爲什麼車子開得這麼慢？

「她花自己的錢，有什麼不對嗎？」我問。

「當然沒什麼不對，但我們調查過安藤由紀子的生活狀況，並沒有花大錢的跡象。眞是古怪，這些錢到底花到哪裡了？」

我將視線從車窗外景色移回高野的臉上，緩緩眨一次眼睛，盡量若無其事地問：

「請問你跟我說這些做什麼？」

高野卻瞪大眼睛，彷彿聽見什麼驚人之語。

「只是隨口閒聊，若讓你感到不舒服，我就不說了。」

難道他想引誘我表達心中的不滿情緒？

我決定反守爲攻，問道：

「這案子跟岸田家有什麼關係?」

「目前還說不準。」高野回答:「前陣子我們問安藤和夫,知不知道他妹妹最近可能跟誰往來,他的回答是不清楚。但他的神情有些古怪,我們決定監視他一舉一動。昨天他一大早就出門,我們偷偷跟蹤他,發現他的目的地是岸田創介的建築師事務所。我們當場叫住他,問他來這裡做什麼,他的反應很慌張。」

高野凝視著我,似乎在觀察我的反應。我盡量板起臉孔。

「一問才知道安藤由紀子曾跟岸田創介約好要見面。」

「噢?眞的嗎?」

「是啊,安藤還說,兩人預定要見面的那天起,由紀子就失蹤了。」

「唔……」

「現在你能明白我們爲什麼把岸田家當成調查重點了嗎?」

我沒回答這個問題,只是將視線移回車窗外問:

「那位安藤先生爲什麼沒立即說出岸田家的事?」

「關於這一點嘛……」高野輕哼一聲,帶著苦笑,撫摸著下巴道:「或許因爲對方是知名公眾人物,不敢隨便說出口。不過安藤那個人有些怪,誰知道他葫蘆裡賣什麼藥。」

刑警這句話聽起來像在故弄玄虛。

沒有凶手的殺人夜

我在心中迅速盤算，刑警到底掌握多少證據？要確認這一點，才能決定自己的應對方針。若有必要，甚至須做出最壞打算。

又過一會，車子終於抵達岸田家。我跟高野下車，小田卻依然握著方向盤。

「我先把車子開到派出所的停車場。」小田道。

我看著車子離去，登時大喊不妙。這代表他們在短時間內並不打算離開岸田家。

「這是吊鐘花吧？」

站在旁邊的高野突然道。他輕輕觸摸岸田家的籬笆，摘下一片葉子。

「還是籬笆好，水泥圍牆一旦遇上大地震，可是會變成凶器。東京都大部分地區都鼓勵民眾以籬笆代替圍牆。」

我完全猜不透刑警爲何突然說出這種話。我看他賊兮兮地笑起來，決定什麼話也不說，自顧自地按下岸田家的門鈴。

時枝夫人打開門。她一看到我就露出如臨大赦的笑容，但下一秒鐘，她察覺我的背後跟著刑警，登時又板起臉。此時我就像爲岸田家帶來瘟神。

「想要請教幾個問題。」刑警說。

就在這時，雅美及隆夫或許聽見門鈴聲，一前一後地從二樓走下來。雅美準備要回家，我正要帶著隆夫上二樓，高野刑警忽然自背後道：

「上課的時間能不能往後挪一下？」

我轉頭一看，刑警正對著我揚起嘴角。接著他對雅美說：

「能不能請妳也先留步？等等如果時間太晚，我們會負責送妳回去。」

雅美望著我，我則望著刑警。

「我有話要跟各位說，而且是很重要的話。」他接著道。

〈夜晚：雅美〉

拓也開著箱型車，偏離主要幹道，彎進陰暗的岔路。車身搖晃越來越嚴重，可見得路面應該坑坑洞洞。

「應該差不多了吧？這裡應該挺適合埋屍體了。」正樹看著漆黑的車外，有些發毛。

「我也這麼覺得。」我自後座朝拓也道。

拓也沒答話，只是專注開著車子。由於車道太過狹窄，不僅轉彎必須相當謹慎，速度也不能有絲毫偏差。

開一會車後，拓也忽然問：

「你們來過這附近嗎？」

「沒有。」正樹搖頭回答。

沒有凶手的殺人夜

「雅美，妳呢？」

「我也沒有。」

「我就知道。」

拓也繼續開著車子，好一會不再說話。周圍幾乎看不到民宅燈火，難以判斷車外如今到底什麼狀況。

「晚上沒燈光，所以看不出來，其實這一帶很多土地都被開發成了住宅區。如果將屍體埋在這裡，隨時可能被推土機翻出來。岸田先生可是建築師，他要是知道我們把屍體埋在這種地方，難保不會要求挖起來重埋。」拓也說道。

「原來如此。」正樹連連點頭，顯得相當佩服。「雖然我老爸提出這種要求的可能性不高，但如果他眞的要我們挖起來重埋，那可有點麻煩。」

「是非常麻煩。」

拓也繼續開著車子，又過了數十分鐘，他才停下了箱型車。此時的地點是一條僅能容一輛汽車勉強通過的山路，兩側盡是密密麻麻的樹叢。

拓也與正樹先下了車，我伸手到前方座位，拿一片口香糖塞進嘴裡才跟著下車。薄荷的香氣在口中擴散。

在月光的照耀下，車外比我原本想像要明亮得多。

「埋一具屍體大概要花多久時間？」正樹問道。

拓也點了根菸，深深吸了一口，彷彿想要藉香菸消除長時間駕駛的疲勞。

「快的話兩小時，慢的話可能會搞到天亮。」

〈現在：拓也〉

所有人都聚集在客廳裡。當然，每個人都是逼不得已。岸田夫婦、兩個兒子、雅美及我坐在沙發上，高野及小田則站在牆邊。

「現在我想請各位說眞話。」

高野的視線一一掃過在場的每個人。創介閉著眼睛，夫人及隆夫則垂下頭。

「那一天，安藤由紀子曾來到府上，對吧？」

我忍不住抬頭望向刑警。爲什麼他說得如此有自信？他的自信到底從何而來？我左思右想還是想不出理由。

高野刑警與我四目相交。那一瞬間，我看見他對著我微微一笑。

「岸田先生……」高野走到創介面前道：「當初你對安藤先生說，你與由紀子小姐約好要見面，但沒有見到面……是眞的嗎？」

「當然是眞的。」

創介信誓旦旦，但放在膝蓋上的雙手緊緊握著拳頭，在我看來實在極不自然。

刑警沒理他，繼續走到夫人面前道：

「岸田夫人，妳說不認識安藤由紀子小姐……是眞的嗎？」

夫人的纖細喉嚨上下抖動，顯然呑口唾沫。「是眞的。」

語氣充滿哀戚。這對夫妻教養有餘而膽識不足，當然不用期待他們能有多好的演技。

刑警接著走到隆夫面前。隆夫像烏龜縮起脖子，臉色嚇得慘白，一對耳朵脹得通紅。

刑警沒對這個可悲的大少爺說任何話，又走回原本位置。他環顧眾人，將手伸進西裝內側口袋，掏出一枚小塑膠袋。

「遺體的臉部跟手指都遭到毀損，顯然凶手不希望死者身分曝光。既然如此，應該把死者的衣服也脫光才對。世上所有事情都一樣，只做一半比什麼都不做還糟糕。」

刑警並沒有刻意轉頭看我，我卻感覺胸口彷彿遭人重重一擊。

「死者腳上穿著鞋子，我們在鞋子裡發現這片樹葉。由於遺體被掩埋在深山裡，就算鞋子裡有一、兩片樹葉也不是什麼奇事，但我們研究了這樹葉的品種之後，發現這是個不容忽視的線索。」

高野說到這裡輕咳一聲，在場數人身體都像觸電般微微一震。

樹葉……

我不禁倒抽一口涼氣。原來葉子是這麼回事，難怪刑警會有那樣的舉動……

我勉強壓抑想要咬住嘴唇的衝動。

「這是吊鐘花的葉子。」

高野的口氣簡直像在公布魔術手法。接著他就像魔術師，靜靜等著眾人反應。一秒鐘後，創介大聲驚呼。

高野露出心滿意足的微笑道：

「沒錯，正是府上用來當作籬笆的吊鐘花。前幾天我來打擾時摘了一片葉子。經過詳細比對，我們確認兩者生長環境相似的可能性很高。」

高野仔細觀察眾人，確認沒人想辯解後道：

「當然吊鐘花這種植物可能長在任何地方，但這樣的巧合讓我們無法置之不理。」

凝重的沉默再度籠罩整個空間。我的腦海不禁浮現船逐漸下沉的畫面。整座機關到底哪一顆齒輪出了問題？

高野確認自己打出的牌獲得十足效果，得意洋洋地將塑膠袋放回口袋裡。就在那一瞬間，我不禁懷疑鞋子內發現吊鐘花葉子云云或許是一場謊言。但我旋即明白此時提出質疑也太遲了。

高野收起塑膠袋後，緊接著掏出兩枚紙片。仔細一瞧那似乎是兩張照片。他拿著那兩張照片走到我面前。

「我確信安藤由紀子曾來過府上，是在聽了你的話後。」

「我？」我頓時目瞪口呆。這絕對不可能。

「你心裡在說這絕對不可能吧？」

刑警揚起嘴角道：

「剛剛我讓你看照片的時候，你毫不遲疑地說當初安藤先生讓你看的就是這張照片，對吧？明明是數星期前的事，而且當初只看一眼，你怎麼記得這麼清楚？」

「我對自己的記憶力頗有自信。」

「但只在照片上看過一次臉孔，應該沒辦法清楚分辨吧？」

「我回想的不止是臉，而是整張照片的構圖及景色。」

「若只看臉，你沒辦法分辨是不是照片裡的人？」

「沒錯。」

「那可奇怪了。」

高野拉高音量，將手中照片其中一張舉到我面前說：

「這是我剛剛給你看的照片，對吧？」

我仔細確認點點頭。沒錯，就是這張照片。

「果然你在說謊！」

刑警突然大聲斥喝。這一聲喊得太響亮，我一時震懾得啞口無言。他接著說：

「老實告訴你，這張照片根本不是當初你看到的那張。當初安藤先生給你看的照片，是這張。」

他舉起另一隻手裡第二張照片。我一看，霎時感覺全身血液都湧上頭頂。

兩張照片截然不同。雖然照片裡的人物都是安藤由紀子，但其中一張面帶微笑，另外一張卻表情冷酷，照片色調及景色也天差地遠。

「兩張照片明明完全不同，你卻誤以為這就是當初安藤先生給你看的那張照片。為什麼會犯這樣的錯誤？理由很簡單，因為照片裡的人物是同一個人。你剛剛說你沒辦法分辨安藤由紀子的臉孔，實際上卻因為臉孔相同而把兩張照片誤以為是同一張。這證明你很清楚安藤由紀子長什麼樣子，只是在故意裝傻。我請問你，為什麼你要說謊？」

我看著兩張照片，以及夾在兩張照片間的刑警臉孔，一時瞠目結舌，不知該如何回應。或者應該說，我已失去回應的力氣。明明整個腦袋燙得像火燒，卻又好像有一小塊冰冷的部分在想著「完蛋了」。當初我接到時枝夫人的來電，得知刑警拿著安藤所持有的那張照片給夫人看，因此有先入為主的想法，滿心以為刑警在我面前也會掏出同樣的照片。

刑警見我默不作聲，離開我的眼前，轉頭對眾人道：

「安藤由紀子曾來到府上，已經是鐵錚錚的事實。她從那天後就失去下落，數星期後被人發現時已是冰冷的屍體。唯一合理解釋，是她在府上遭遇了某種突發狀況。這突發狀況是什麼？我們警察當然必須做出最壞的假設……」

刑警說到這裡，停頓片刻，似乎在給予眾人表達意見的機會。但在場所有人皆緊閉雙唇，刑警見狀，接著以嚴肅凝重的口吻說：

「你們聽過魯米諾反應嗎？把魯米諾水溶液與雙氧水混合在一起，當接觸到血液時就會產生發光反應。當遇到血跡難以辨識或犯案現場範圍太廣時，警察就會使用這玩意。就算是經過一、兩萬倍稀釋的血液，也能夠檢測得出來。譬如以刷子仔細刷洗過，肉眼完全看不出血跡，在魯米諾水溶液底下還是無所遁形。」

我彷彿感覺到在場所有人寒毛直豎。高野刑警似乎也看出這番話發揮效果。

「現在各位明白了吧？只要我們拿出看家本領，要查出這屋子裡哪間房間曾發生命案，可說是一點也不難。」

這句話成了壓垮駱駝的最後一根稻草。時枝夫人打破沉默，哽咽著道：

「是我殺的……人是我殺的……」

我心中一驚地轉頭望向夫人。創介及兩個兒子也露出詫異的表情。這些當然都被高野看得一清二楚。他扶著夫人緩緩起身，將夫人交給小田刑警後，又轉頭對眾人道：

「眞相馬上就會水落石出。只要比對夫人及其他所有人供詞，就可以知道眞正的凶手是誰。我們警察可沒愚蠢到逮捕一個爲他人揹黑鍋的人。」

高野朝小田使了個眼色，小田帶著夫人往外走。這時，突然有人放聲大哭。不用回頭看也知道那個人一定是隆夫。

「是我……是我……」

隆夫趴在桌上痛哭。創介臉上充滿了苦澀，就像在訴說著這才是眞相。

「隆夫，你在說什麼傻話！」

夫人大聲尖叫，卻遭小田制止。

高野走到隆夫面前，低頭看著隆夫問：

「是你殺了安藤由紀子？」

隆夫臉埋在兩隻手腕間點點頭。

「我……我不是故意要殺她的……」

我轉頭望向身旁的雅美，雅美也正望著我。

我們的表情都在訴說著同一句話……這眞是最糟糕的結果。

隆夫遭逮捕隔天傍晚，小田刑警來到我的住處，希望我到一趟警署。他說昨天在岸田

沒有凶手的殺人夜

家已大致釐清案情，但所有人還是得進一趟警署，製作正式筆錄。

「其他人都偵訊完了？」

我上車後問道。

「幾乎都結束了。」小田回答。

「證詞有沒有什麼矛盾之處？」

「沒有，幾乎完全一致。」

小田直視著前方說道。現在我還是摸不透這男人腦袋裡在想些什麼。

一抵達警署，我馬上就被帶進偵訊室。偵訊室裡不僅空間狹小，且空氣中瀰漫著一股異味。等大約五分鐘，高野刑警進來。他嘴角帶著微笑，我不禁有些忐忑不安。

「現在我們將案情重新整理一遍。」

高野刑警再次確認我的姓名及地址後道。

「本案的肇因其實只是件微不足道的小事。剛開始安藤由紀子與岸田隆夫發生一點爭執，是嗎？」

「好像是。」我順著刑警的話回答。

「後來岸田隆夫朝由紀子推了一把，由紀子倒向身旁的矮桌。當時桌上有一盤水果，就這麼不巧，水果刀插進由紀子的胸口。隆夫看見由紀子的胸口噴出鮮血，嚇得大聲尖叫，其他人聽見聲音才衝進房間裡查看，是嗎？」

「他們是跟我這麼說的。」我回答道：「但這到底是不是事實，我並不清楚。當時我聽見尖叫聲，奔進房間裡時，由紀子小姐的胸口已插著刀子，隆夫則愣愣站著不動。就算隆夫是故意拿刀子刺她，我們也不會知道。不過依隆夫的性格應該不會做出這種惡行，所以我們決定相信他。」

當時房間內沒一個人懷疑隆夫的說詞。

「那時候是你上前查看由紀子的傷勢，是嗎？」刑警問。

「是的，我曾經是醫學系的學生，只是沒有畢業……我看由紀子小姐已經沒救了，只能老實對岸田先生這麼說。」

「就算立即送醫，也絕對救不活？」

「在我看來送醫只是白費工夫，但我還是讓岸田先生自己決定怎麼做。」

「他決定怎麼做？」

「他什麼也沒決定。」我搖頭說道：「反而問我應該怎麼做才好……」

「那你怎麼說？」

「我當然是說應該立即報警處理。」

我望著高野道。他和我四目相交，但旋即移開視線。那舉動令我有些不對勁。

「你說應該立刻報警，岸田聽了有何反應？」

「他說絕對不能報警，反而還求我幫忙隱匿這件事。」

我將接下來的案情發展一五一十地說出來。在岸田夫婦的懇求下，我只好答應幫忙把屍體搬運到遠方掩埋。

高野默默聽著，一對眼睛動也不動地看著半空。我見他毫無反應，不禁有點擔心他是不是根本沒在聽。於是我故意不再說話，他緩緩轉過頭，以眼神示意我繼續說。

我一直說到我們掩埋屍體，回到岸田家。高野手掌拄著臉頰，依然是一副不置可否的態度。我完全猜不透他的心裡。

「離開岸田家的時候……」半晌後他終於開口：「岸田有沒有拿什麼東西給你，或是正樹？」

拿什麼東西給我？

我細細回想當時情況。那一晚發生的每一件事，我都清楚地記在腦海裡。我們將紙箱搬到車上，後來……

「啊……」我點頭說道：「岸田先生怕我們打瞌睡，給了我們口香糖。」

「你確定嗎？」

「是啊……這有什麼不對嗎？」

「沒什麼，只是稍微確認一下。」

高野刑警裝模作樣地輕咳一聲，接著話鋒一轉道：

「關於安藤和夫這個人……他說看了妹妹的通訊錄，所以知道岸田家的地址，又看了便條紙，所以知道妹妹跟岸田在那天約好了要見面。但通訊錄、便條紙這些重要的物證，他全都拿不出來。經過我們再三詰問，他才坦白說出一個驚人事實。」

「驚人的事實？」

「安藤與妹妹的聯絡其實頗爲頻繁。有一天，妹妹說出一句相當耐人尋味的話，那就是『或許能夠向建築師岸田創介狠狠敲一筆竹槓』。根據安藤證詞，他們兄妹的父親安藤喜久男在生前曾是岸田創介的工作夥伴。當時他們合力研發出了一種劃時代的建築技術，但喜久男年紀輕輕便死於意外，過幾年後，岸田藉由這個技術而名利雙收，卻絲毫沒有給予安藤家任何回報。因此由紀子平日便經常抱怨岸田家的財產有一部份應該屬於安藤家。換句話說，由紀子接近岸田家，打從一開始就是敲詐金錢。」

「確實很耐人尋味。」我故意露出興致索然的表情。

「因爲妹妹說過那樣的話，當妹妹失蹤時，安藤立即認爲一定跟岸田家有關，才會以各種藉口到岸田家打探消息。最後他相當肯定自己的推測沒錯。」

我心想，難怪那個安藤緊咬著岸田家不放，原來背後有這樣的理由。

沒有凶手的殺人夜

「問題來了，由紀子原本到底打算怎麼向岸田家勒索財物？」高野一臉認眞。「安藤和夫說他妹妹曾聽透漏過，她打算抓住岸田家的把柄來好好敲一筆。你覺得這個把柄是什麼？」

我沒回答，臉上露出這問題不該由我回答的表情。

「你能說說你的看法嗎？」

刑警繼續追問。

「我不知道，但我想這件事應該與這次的案子無關。就像隆夫說的，由紀子小姐的死完全是一場突發意外。」

「眞的是這樣嗎？」

「不是這樣嗎？」

高野沒回答。他頸部左右擺動數次，似乎想放鬆緊繃的肌肉。我聽見細微劈啪聲。

「我猜想……如果由紀子現在還活著，應該已經拿到勒索岸田家的把柄了。」他說。

「……什麼意思？」

「說得更明白點，她掌握的把柄就是岸田隆夫殺了人。她打算以這件事要脅岸田家。」

「你在說什麼傻話？被殺死的那個人就是由紀子小姐。」

「我說得不夠清楚嗎？」刑警再度扭動脖子，但這次沒發出任何聲音。「如果……她當時根本沒有死，只是裝死而已呢？」

「……」

「或者應該說，她當時『還』沒死。」

「你有什麼證據能證明這一點？」

「口香糖。」

「口香糖？」

「沒錯，屍體食道內塞一塊口香糖。但我問過隆夫，他說從頭到尾沒看見由紀子吃口香糖。當你跟正樹出發掩埋屍體時，創介不是拿一包口香糖給正樹嗎？如果由紀子當時已經死了，死人怎麼會吃口香糖？」

「……」

高野見我沉默不語，又補上一句：

「正樹已經招供了。」

〈夜晚：雅美〉

車外的空氣好冰冷。吸進身體裡，彷彿會滲透到腦袋的深處。

我忍不住用力伸懶腰。在紙箱裡待久了，全身痠痛不已，上車後終於能夠離開紙箱。

計劃進行得太過順利，連我自己也有些驚訝。

拓也剛開始向我說明這個計劃時，我只覺得計劃太荒唐，絕對不可能成功。但拓也說得煞有其事，最後我只好照做。

一星期前，我以「八木雅美」這個假名混進岸田家當家庭教師。當初任職於文化教育中心時，我認眞考慮過要轉職當英文會話教師，沒想到當時下的苦功在這時派上用場。

一星期後今天，我們將安排已久的計劃付諸行動。

前往岸田家前，我買一把水果刀及一些蘋果。我告訴隆夫，念完書後就可以吃我買來的蘋果，隆夫像個孩子一樣開心地手舞足蹈。

開始要吃蘋果時，我命令隆夫把蘋果皮削掉。他皺起眉頭，不肯接受我的命令。果然不出我們所料，這個乳臭未乾的大少爺根本不會削蘋果。

我便以這件事爲出發點，舉了各種例子來譏笑他是個無能又無知的溫室花朵……

打從一開始，我們就知道隆夫的個性相當歇斯底里。經過幾天相處，我更加確認這一點。他的反應果然完全符合我的預期。他氣得滿臉通紅，像隻發情的猴子一樣發出怪聲，而且還揪住我的頭髮。我一掙扎，他更是依照我的期待，開始對我暴力相向。我假裝被他推了一把，朝著身旁矮桌上的水果刀倒下……

我在胸罩與胸部之間事先塞了一個小小的保麗龍箱子，箱子裡有個塑膠袋，袋裡裝了大約一百西西的血液。那些都是眞血，是拓也今天以針筒幫我抽出的鮮血。拓也不愧是前醫學系學生，使用針頭的動作駕輕就熟。

我撲向桌子，趁機將水果刀插在自己的胸口，一邊發出呻吟一邊假裝倒地不起。刀尖刺穿保麗龍箱及塑膠袋，轉眼間我的胸口滿是鮮血。

隆夫大聲尖叫，拓也算準時機衝進房內。拓也一邊以各種理由阻止任何人接近我，一邊靠著三寸不爛之舌把所有人都騙得團團轉。

接著我們便依照原訂計畫，由拓也及正樹搬著箱子離開岸田家。正樹雖然是個蠢材兒子，演技還不算太差。

星空好美麗。

接下來要做的事就只是觀望一陣子，然後找機會以匿名方式向岸田創介勒索。他能有今天的地位全靠獨佔我父親的研究成果，我拿他的錢是天經地義。

等拿到錢後，得給哥哥買個禮物才行。

沒有凶手的殺人夜

〈現在：拓也〉

我跟由紀子在酒吧裡認識，當時她還是文化教育中心的行政人員。我雖然在補習班工作，但收入微薄，過著枯燥乏味的每一天。

我早已有個名叫河合雅美的女朋友，跟由紀子在一起完全只是抱著玩玩的心態。但由紀子卻對我動眞情。她的存款比我預期還多得多，而且她爲我花錢可說是毫不吝嗇，我的心情就像是找到了棵搖錢樹。

過了一陣子之後，我把她的錢全花光了，她竟然當起酒家女，賺錢供我花用。這麼不計一切爲我付出的女人，殺掉實在有點可惜。

但當她得知懷孕，開始逼迫我跟她結婚。這讓我不得不認眞思考如何把她解決掉。她散發出一種殺氣，如果我魯莽地跟她提分手，她搞不好會跟我同歸於盡。

就在我煩惱著不知如何下手時，由紀子對我提起岸田創介的事。她說想要狠狠敲岸田一筆竹槓，希望我能幫她。

她的苦苦哀求讓我不忍拒絕，我只好開始調查起岸田家的底細。一查發現不少有趣的祕密，其中之一是關於岸田的兒子隆夫。岸田夫婦對這個兒子寄予相當大的期待，一天到晚逼他用功念書，但前後雇用了好幾任家庭教師，每個都是做沒多久便辭職不幹了。理由就在於隆夫的情緒相當容易失控，一旦自卑感發作，不管對象是誰都會不顧一切地拳打腳踢。在我打聽到這件事的時候，岸田家剛好又在徵家庭教師。

除此之外，另一個兒子正樹也挺有趣。他是創介與前妻生的兒子，不僅腦筋差，而且相當厭惡同父異母的弟弟隆夫。

我一查出這些事，我便決定要好好利用。於是我向由紀子說明了我的計劃。

我告訴由紀子，我們可以將隆夫誣陷爲殺人凶手，藉此勒索金錢。由紀子被我說動了。但要執行計劃，我們需要正樹協助。於是我找機會接近正樹，對他說出這個計劃。正樹爽快答應。一來他巴不得想要陷害弟弟，二來我答應他將勒索來的金錢五五分帳。這陣子他似乎剛好手頭缺錢花用。

但其實我對由紀子跟正樹都沒有說出我的眞正計劃。只有我的女朋友雅美，才知道這個計劃的全部內容。

我與由紀子各自到岸田家應徵家庭教師，兩人都錄取了。我教數學，由紀子教英語。隆夫的風評太差，根本沒有人願意上門應徵，要獲得雇聘用可說一點也不難。

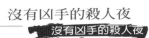

我使用本名，但我要由紀子取了一個假名。我告訴由紀子，畢竟這世界太狹小，如果將來岸田家的人得知安藤由紀子還活著，她恐怕會惹上麻煩。由紀子同意了。

我爲由紀子取的假名是八木雅美。八木這個姓是亂取的，雅美卻是我的正牌女朋友的名字。取名字的時候，我不小心脫口說出女朋友的名字，事後想想連我自己也不禁搖頭苦笑。但這並不影響我的計劃，所以我也沒刻意更改。決定了假名之後，我開始練習以假名稱呼她。即使在兩人獨處的時候，我也叫她雅美。

計劃進行得相當順利，包含只有我才知道的最後一個步驟也相當完美。在那最後一刻，正樹整個人嚇傻了。

我告訴正樹，只有這麼做才能讓計劃毫無破綻。反正人是隆夫殺的，與我們無關。正樹對著我猛點頭，全身抖個不停。這個小子實在太膽小，令我有些擔心，但畢竟他也是共犯，應該不敢隨便洩漏祕密才對。

隔天我帶著眞正的雅美，也就是我的女朋友河合雅美進入岸田家，取代由紀子成爲家庭教師。我對岸田夫婦拍胸脯保證，河合雅美是我的女朋友，絕對不會說出原本的家庭教師已死亡的祕密。

此外我也把前任家庭教師的本名是安藤由紀子一事告訴岸田夫婦。我對岸田夫婦說，我在她死後查看她的遺留物品，才發現這個祕密。創介聽到安藤由紀子這個名字，臉色登時大變，卻沒有繼續追問由紀子爲什麼要使用假名。或許創介想起由紀子的父親，滿心以爲由紀子是爲了替父親報仇，才以假身分接近岸田家吧。

接下來只剩等待時機成熟，向岸田家勒索金錢。關於這個部分，我也早已安排了縝密的計劃。

整場騙局的最大關鍵，在於絕對不能在事後被人發現我跟由紀子的不尋常關係，以及由紀子曾有一段時間經常進出岸田家。我相當小心提防，沒有讓這些祕密曝光。

沒想到整個計劃竟然因一個小錯誤而功敗垂成。那就是由紀子對她的哥哥說了不該說的話。

看來我太高估這個愚蠢的女人了。

〈夜晚：雅美〉

拓也的完美主義實在令我不得不佩服。

其實我們根本沒必要眞的到這種荒郊野外，只要隨便找個地方打發時間就行了。拓也眞的把車子開到這種地方，想必是爲了事後向岸田夫婦說明時不會露出破綻吧。

拓也的這種做事方式不知該說是鑽牛角尖還是吹毛求疵。

「來吧，我們來掩埋屍體吧。」拓也大聲說道。

我被他逗得哈哈大笑，他也笑了起來。

「沒錯，鏟子得沾上一些泥土才行。」

正樹說道。他受了拓也的影響，竟也開始追求完美了。

沒有凶手的殺人夜

「那個不用急。」
拓也笑著朝我走近，我以爲他要吻我。
「等等再挖洞就行了。」他接著說道。
拓也的右手好像拿著某樣東西。
那是什麼？他說等等再挖洞，又是什麼意思？
拓也臉上的笑容消失了。
他爲什麼不笑了？
他的手上爲什麼握著水果刀？爲什麼……？
下一秒鐘，強烈的衝擊讓我不由得吞下了嘴裡的口香糖。

（完）

解說 回首來時的東野圭吾

張筱森

※本文涉及小說情節，未看正文者請慎入

該怎麼評斷短篇推理小說優秀與否？對我而言，複雜深刻的人性描寫，或是驚天動地的華麗詭計，並不是短篇推理小說最需要的部分。能夠在短小篇幅內妥善營造謎團，推進劇情，最後還有情理之內、意料之外的謎底，讓讀者滿足地闔上書頁，就算是功德圓滿了。當然，擅長短篇推理小說的作者絕對可以為短篇推理小說帶來更豐富的內涵，為讀者創造更好的閱讀體驗。就我自己的經驗所及，橫山秀夫或是乙一都是短篇推理小說的佼佼者。那麼本書作者東野圭吾的短篇推理又是屬於哪一種呢？

*1 本次採用翻譯的版本為一九九四年出版的文庫版。

這本《沒有凶手的殺人夜》是東野圭吾第一本短篇集，收錄的七篇作品分別發表於一九八五年到八八年，在一九九〇年成書出版（*1）。在這三年之間他發表了《畢業雪月花殺人遊戲》、《白馬山莊殺人事件》、《學生街殺人》、《十一文字殺人》、《魔球》、《以眨眼乾杯》、《浪花少年偵探團》共七部長篇作品，這番創作能量與寫作效率著實驚人。考慮到這是他漫長修練生涯的開端，可以在長篇作品中看到的各種嘗試，自然也能在這七篇作品看見，同時濃縮了（以我的標準而言）優秀的短篇推理該有的元素。甚至能說以「後見之明」來看，東野圭吾在初期的長篇作品中嘗試貼近當時本格推理風潮的努力，在這七篇短篇作品中相對較低，而更接近了他往後作品會被標記出來的特質。以下先稍微談一下我對各篇的看法。

〈微不足道的蓄意〉（《小說現代》一九八五年十一月號）：

這篇作品是東野在以《放學後》出道後，發表的第一篇短篇。《放學後》在亂步獎的評選過程中，曾經被評審委員批評過犯人動機不夠眞實，現實中大概不會有人因爲這樣就殺人。不過或許東野不這麼認爲，因爲他在這篇當中再度寫出了一種乍看之下微妙難解，但其實人人都可能有過的動機。從這點來看，可以說「動機」從東野出道之初，就一直是他關心的對象。再加上主角是高中生，也帶有某種面臨即將結束的青春期時的徬徨和無奈。

〈黑暗中的兩人〉（《小說寶石》一九八六年一月號）：

不知道大家看推理小說時，最在意及評判好看與否的基準是什麼？誇張的詭計、意外的犯人身分？我自己的話，最在意的應該是「動機」吧。畢竟殺人是一件很需要能量的事情，到底要到什麼程度才會被推到極限，跨越了那條破壞日常秩序的界線？長篇小說可以花費很多時間描寫這一點，不過短篇推理中，我認爲動機則可以是一個很好的謎團。（晚了幾年出道的北村薰的「圓紫與我」系列，便是將動機化成謎團的示範。）東野在這篇和〈微不足道的蓄意〉同樣都利用動機來製造最後的高潮，犯人身分當然重要，但是他爲什麼這麼做，則是整個故事的驚愕的來源。這種將動機當成謎團的手法，到了一九九六年的《惡意》可以說是他在「動機」這個元素上的各種嘗試的集大成之作。

〈舞孃〉（《小說寶石》一九八六年九月號）：

東野後來曾經在關於這部短篇集的訪談中提到（*1），不少篇的主角都是青少年，或許是因爲當時的自己還不擅長描寫成人的犯罪。不過我覺得像是這篇某種程度可以說是「通

*1　此篇訪問摘錄於《東野圭吾公式ガイド　読者一万人が選んだ　東野作品人気ランキング発表》72頁。（講談社，2012）

往地獄的道路是由善意鋪成」的故事，以青少年的角度來寫，則更添其惆悵的程度。

〈無盡之夜〉（《小說寶石》一九八七年五月特別號）：

這篇的死亡案件和前面三篇相比是相對普通的作品。女主角的丈夫不知爲何死在她最厭惡的大阪，令她被迫去大阪面對她最不願意想起的往事。這篇的謎團與其說是犯人身分，不如說是女主角的回憶。她爲什麼那麼痛恨、厭惡大阪，在溫柔宛如加賀的刑警帶領下，東野緩緩寫出女主角內心的憤怒和驚慌，深怕好不容易才爭取到的一切又被大阪奪走的強迫觀念，讓她下手殺人。大阪反而成爲了這篇作品的另一個主角。此外，在主角厭惡大阪、想逃離大阪的心理上，和往後的《白夜行》、《幻夜》主角心理有著類似的關連。東野身爲大阪人，不過他作品中對於大阪的描寫，相對於東京，總是帶著一種略帶批判的眼光。與後來他透過加賀恭一郎系列後期作品，以較爲溫柔的筆觸描寫東京日本橋一帶有些不同。

〈白色凶器〉（《小說寶石》一九八八年七月號）：

這篇作品的眞凶早早浮上檯面，重點在於犯罪手法，以及篇名所暗示的凶手動機。到了現在來看，即使是抽菸大國的日本，這種動機可能不再那麼容易出現，不過最後描寫凶手偏執到精神出了問題的場面令人一凜。

〈教練，再見〉（《小說現代》一九八八年十一月特別號）：

男女之間的糾葛引來的殺機，以及僞裝成自殺的殺人。以當時還非常新穎的攝影機和錄影帶設下的機關帶來了雙重的翻轉。機械式詭計並不容易寫得好讀，特別是太過複雜的詭計，必須詳加說明才能讓讀者理解並接受。東野在這篇的機械式詭計設計地簡潔有力，最後的破綻則說明了人算不如天算。

〈沒有凶手的殺人夜〉（《EQ》一九八八年三月號）：

這篇風格和前面作品截然不同的標題作，我想應該會是最多讀者印象深刻的一篇，也是我自己最喜歡的一篇，甚至認爲即使放到現在來看，它都可以說是東野創作史上足以排進前三名的短篇作品。和前六篇的風格差異，我想應該有部分原因來自於《EQ》這本雜誌。《EQ》的前身是美國《Ellery Queen's Mystery Magazine》的日本版，在一九五六年創刊，第一任總編輯是日本全能型的代表大眾作家之一的都筑道夫。之後歷經數次改版、停刊以及復刊，一直到一九九九年七月以《EQ》之名停刊。

讀完這篇，腦中會浮現「敘述性詭計」五個字的讀者想必不少。敘述性詭計對於推理小說完全不是新鮮事，甚至可以說只要是第一人稱的作品就有可能會是這類的作品。但是後人爲這類作品冠上「敘述性詭計」這種說法時，則要到一九八七年九月《殺人十角館》出版，新本格派走紅之後。創作者會有意識地將人稱、敘述能夠拿來當成詭計這點，也不過在東野發表這篇作品的半年之前。可以說不論是創作者或是讀者都尚未眞正地理解到「敘述性詭計」將會成爲一種風潮之前，東野便已經嘗試了這種作法。因爲人稱的變換，乍看之下或許會有點摸不著頭緒，然而當結局揭曉時，便可知道這個手法相當成功；而最後一句，更令人感到毛骨悚然。

綜觀七篇作品，乍看之下都像是常見的短篇推理，也無法避免行文上的時代感。但是仔細品味之下，會發現每一篇都有令人訝異的轉折，充滿意外性的結局。不管是幽微難解的人心引發的殺機，或是命運捉弄之下造成的死亡，實則都充滿往後可以在東野作品中那些吸引人的特質。東野曾在訪談（*1）中提過，他在發表這些作品時，其實並不了解短篇推理該怎麼寫，所以閱讀了大量的推理小說短篇集，從中理解短篇推理的訣竅在哪裡，進而做了許多嘗試。之後回頭再看這本短篇集，覺得是充滿回憶的一作。

雖然東野的大部分作品都已經在台灣出版，在漫長的創作歷練後，有更多作品也比這部創作生涯的第一本短篇集更進步，不過我認爲若是要單純享受短篇推理的樂趣，《沒有凶手的殺人夜》絕對是不能錯過的好選擇。

---

*1　此篇訪問摘錄於《東野圭吾公式ガイド　読者一万人が選んだ　東野作品人気ランキング発表》72頁。（講談社，2012）

本文作者介紹

張筱森，喜歡推理小說，偶爾也翻譯推理小說。有時候不想長篇累牘，只想讀短小精悍的小說。

國家圖書館出版品預行編目資料

沒有凶手的殺人夜／東野圭吾著；李彥樺譯. -- 初版. - 台北市：獨步文化：家庭傳媒城邦分公司發行，2018〔民107.06〕
面；　公分. --（東野圭吾作品集；42）
譯自：犯人のいない殺人の夜
ISBN 978-986-96154-7-1（平裝）

861.57　　107006710

東野圭吾作品集42 沒有凶手的殺人夜

原著書名／犯人のいない殺人の夜
原出版社／光文社
作　　者／東野圭吾
翻　　譯／李彥樺
責任編輯／詹凱婷
編輯總監／劉麗真
事業群總經理／謝至平
榮譽社長／詹宏志
發 行 人／何飛鵬
出　　版／獨步文化
城邦文化事業股份有限公司
115台北市南港區昆陽街16號4樓
電話：(02) 2500-7696　傳真：(02) 2500-1951
發　　行／英屬蓋曼群島商家庭傳媒股份有限公司
城邦分公司
115台北市南港區昆陽街16號8樓
讀者服務專線：(02) 2500-7718; 2500-7719
24小時傳真服務：(02) 2500-1990; 2500-1991
服務時間：週一至週五上午09：30-12：00；下午13：30-17：00
讀者服務信箱E-mail：service@readingclub.com.tw
劃撥帳號／19863813
戶　　名／書虫股份有限公司
香港發行所／城邦（香港）出版集團有限公司
香港九龍土瓜灣土瓜灣道86號順聯工業大廈6樓A室
電話：(852) 25086231　傳真：(852) 25789337
E-mail: hkcite@biznetvigator.com
馬新發行所／城邦（馬新）出版集團【Cite (M) Sdn Bhd.】
41, Jalan Radin Anum, Bandar Baru Seri Petaling,
57000 Kuala Lumpur, Malaysia.
電話：(603)90563833　傳真：(603)90576622
E-mail:services@cite.my
封面設計／高偉哲
排　　版／游淑萍
印　　刷／中原造像股份有限公司
□2018年6月初版
□2024年6月25日初版18刷
售價／380元

Printed in Taiwan

廣　告　回　函
北區郵政管理登記證
台北廣字第000791號
郵資已付，免貼郵票

115 台北市南港區昆陽街 16 號 8 樓

英屬蓋曼群島商家庭傳媒股份有限公司
城邦分公司

請沿虛線對摺，謝謝！

書號：1UE042　　**書名**：沒有凶手的殺人夜　　**編碼**：

請於此處用膠水黏貼

獨步文化 APEX PRESS

讀者回函卡

謝謝您購買我們出版的書籍！

請費心填寫此回函卡，我們將不定期寄上城邦集團最新的出版訊息。

姓名：＿＿＿＿＿＿＿＿＿＿＿＿＿＿＿＿＿　性別：□男　□女

生日：西元＿＿＿＿＿＿年＿＿＿＿＿＿月＿＿＿＿＿＿日

地址：＿＿＿＿＿＿＿＿＿＿＿＿＿＿＿＿＿＿＿＿＿＿＿＿＿＿＿

聯絡電話：＿＿＿＿＿＿＿＿＿＿＿＿＿＿　傳真：＿＿＿＿＿＿＿＿＿＿

E-mail：＿＿＿＿＿＿＿＿＿＿＿＿＿＿＿＿＿＿＿＿＿＿＿＿＿＿＿

學歷：□1.小學　□2.國中　□3.高中　□4.大專　□5.研究所以上

職業：□1.學生　□2.軍公教　□3.服務　□4.金融　□5.製造　□6.資訊

□7.傳播　□8.自由業　□9.農漁牧　□10.家管　□11.退休

□12.其他＿＿＿＿＿＿＿＿＿＿＿＿＿＿＿＿＿＿＿＿＿＿

您從何種方式得知本書消息？

□1.書店　□2.網路　□3.報紙　□4.雜誌　□5.廣播　□6.電視

□7.親友推薦　□8.其他＿＿＿＿＿＿＿＿＿＿＿＿＿＿＿＿＿＿

您通常以何種方式購書？

□1.書店　□2.網路　□3.傳真訂購　□4.郵局劃撥　□5.其他

您喜歡閱讀哪些類別的書籍？

□1.財經商業　□2.自然科學　□3.歷史　□4.法律　□5.文學

□6.休閒旅遊　□7.小說　□8.人物傳記　□9.生活、勵志　□10.其他

對我們的建議：＿＿＿＿＿＿＿＿＿＿＿＿＿＿＿＿＿＿＿＿＿＿

＿＿＿＿＿＿＿＿＿＿＿＿＿＿＿＿＿＿＿＿＿＿＿＿＿＿＿＿

＿＿＿＿＿＿＿＿＿＿＿＿＿＿＿＿＿＿＿＿＿＿＿＿＿＿＿＿

□我已詳讀權利義務之相關條款，並同意遵守。

請於此處用膠水黏貼

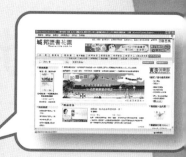

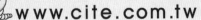

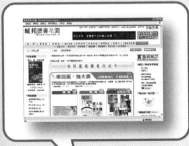